「攝影
插圖版」

易中天
品唐詩

易中天⊙著　李華⊙攝影

香港中和出版有限公司
www.hkopenpage.com

目錄

第五輯 ◎ 邊塞

序曲

何處春江無月明

春江花月夜 ⊙ 張若虛

春江潮水連海平，海上明月共潮生。
灩灩隨波千萬里，何處春江無月明。
江流宛轉繞芳甸，月照花林皆似霰。
空裡流霜不覺飛，汀上白沙看不見。
江天一色無纖塵，皎皎空中孤月輪。
江畔何人初見月，江月何年初照人。
人生代代無窮已，江月年年只相似。
不知江月待何人，但見長江送流水。
白雲一片去悠悠，青楓浦上不勝愁。
誰家今夜扁舟子，何處相思明月樓。
可憐樓上月徘徊，應照離人妝鏡台。
玉戶簾中捲不去，搗衣砧上拂還來。
此時相望不相聞，願逐月華流照君。
鴻雁長飛光不度，魚龍潛躍水成文。
昨夜閒潭夢落花，可憐春半不還家。
江水流春去欲盡，江潭落月復西斜。
斜月沉沉藏海霧，碣石瀟湘無限路。
不知乘月幾人歸，落月搖情滿江樹。

聞一多說，這是「詩中的詩，頂峰上的頂峰」。

所以，讀唐詩不妨從這裡開始。

這首詩很好讀，因為明白如話。

這首詩很難懂，因為不知所云。

別的不說，題目就是問題。

春江花月夜，甚麼意思呢？

有人說，是春天的江上，那鮮花盛開月色可人的夜晚。

也有人說，是春天、江水、鮮花、月亮和夜晚。

哪個說法對？難講。

其實，事情根本就沒有那麼複雜，因為《春江花月夜》原本是歌曲的曲名。當時寫歌是先有曲後有詞，叫填詞。這個曲子是表現男女之情的，同名曲子的歌詞陳後主和隋煬帝都寫過，張若虛這首也照例寫了閨中少婦的情思，而且佔了一半的篇幅。如果硬要講詩的內容，豈不得叫春天、江水、鮮花、月亮、夜晚和女人？

不過這詩確實好，尤其是那畫面感。

那就來看看詩人筆下的春江花月夜：

每到春天，

長江就會在夜晚漲起潮來，

寬闊的江面與大海連成一片。

浩渺波濤之上，

潮起潮落之間，

一輪明月從海上升起，

就像與那潮水共慶華誕。

月色映照的江面上流光溢彩，

那波光隨着上下起伏的春潮千里萬里，

直至永遠。

啊！

哪一處春江沒有如此的明媚，

哪一處春江沒有月亮的清暉。

波光粼粼的江水，

曲曲彎彎地繞過長滿鮮花和香草的岸野。

月光照進樹林，

讓似錦繁花看起來就像晶瑩剔透的雪珠。

月色有如寒霜在空中流走又看不出飛動，

反倒是沙洲上的白石子看不見了。

從江面到長空，

一色地澄明透徹，潔淨無塵；

皎潔遼闊的天空之上，

高高掛起的也只有明月一輪。

唉，不知道是誰最先在江邊看見了江上的月亮；

也不知道江上的月亮，最初是在哪年照耀人間。

其實，人生世世代代永無窮盡，

江月歲歲年年也只是看似相同。

不知道也不必知道江月在等待誰的到來，

但只見滾滾長江，流水向東。

這不是翻譯，只是解說。

翻譯唐詩是愚蠢的事情。

不過，解說到這裡，恐怕也就夠了。

就連張若虛的詩，寫到這裡都可以結束。這首詩已經有了足夠精彩的畫面，華美的樂章，以及夠多的人生感慨和哲學思考。江畔何人初見月，江月何年初照人。追問至此，還有何可問？人生代代無窮已，江月年年只相似。覺悟如此，又有甚麼可說？

然而詩人筆鋒一轉，便寫到了女人。

轉變很自然，因為一塵不染的天空飄來了一片雲。雲似乎總是給人添堵，哪怕是白的。白雲一片去悠悠，青楓浦上不勝愁。白雲帶來了愁雲。難怪後來崔顥寫《黃鶴樓》詩，便要說「白雲千載空悠悠」和「煙波江上使人愁」等等，簡直就像是抄張若虛的。

愁的原因用非常漂亮的對仗句來表達：誰家今夜扁舟子，何處相思明月樓。原來，是少年夫妻兩地分居。我們知道，曲名《春江花月夜》的詩必須寫男女之情。只不過張若虛進行了改革，由男歡女愛變成了離愁別緒，而且非常精彩：

　　昨夜夢見，平靜寂寥的深潭上漂滿落花；
　　此時此刻，落月又分明已經掛在了西邊。

　　是的，昨夜閒潭夢落花，江潭落月復西斜。
　　為了押韻，斜要讀如霞。
　　終於，斜月沉沉藏海霧，落月搖情滿江樹。那一輪與海潮共生在中天孤懸的明月，最後還是墜入茫茫海霧之中。只有灑滿了江樹的月光熠熠生輝，像是在搖曳着無窮無盡的相思。
　　真是好詩。
　　好詩不用多說，多說便是饒舌。
　　實際上，詩無達詁。也就是說，對於詩的理解，沒有甚麼權威解釋和標準答案。我們這本書，也沒有固定的套路和格式。何處春江無月明，那又甚麼理解不是理解，甚麼體會不是體會呢？
　　請靜下心來，我們一起讀唐詩。

春曉

春曉

⊙ 孟浩然

春眠不覺曉，處處聞啼鳥。

夜來風雨聲，花落知多少。

春天裡，總是要下雨的。

下雨天，也最好去睡覺。

也許，那是一個最難將息的乍暖還寒季節。也許，那是一場突如其來的穿林打葉暴雨。風雨如磐，是大自然的隨心所欲，人又能怎麼樣呢？也只能把風聲雨聲當作催眠曲。好在一覺醒來，風也去雨也停。陽光照進窗戶，到處都是鳥兒們興高采烈的歌唱。

沒錯，處處聞啼鳥。

鳥兒們唱得如此歡快，只能說明清晨的陽光十分明媚，雨後的空氣格外清新，生機勃勃的大自然也才特別喧鬧。

這真是一個讓人喜悅的春曉。

喜悅是主旋律和基本調性，傷感和惆悵則是次要的。如果事情不是這樣，那麼這首詩的順序就該倒過來：

夜來風雨聲，花落知多少。
春眠不覺曉，處處聞啼鳥。

怎麼樣，不對了吧？

不對是因為不真實。

真實情況是：詩人被鳥叫驚醒，第一時間就感受到了雨後初晴的清新明媚，急於傳達的則是對大好春光的滿心歡喜。然後才會回想起「夜來風雨聲」，也才會關切地想到和詢問「花落知多少」。

註〇　順便說一句，孟浩然這首詩是仄韻古絕，不是律絕，說成「五絕」是不對的。律絕有嚴格的格律要求。這方面的知識，書後的附錄有詳細的介紹，可以幫助我們更好地讀唐詩。

0
1
4

傷感和惆悵，只能在欣喜之後。

這就跟同類題材的作品多有不同，比如李清照：

昨夜雨疏風驟，

濃睡不消殘酒。

試問捲簾人，

卻道海棠依舊。

知否，知否，

應是綠肥紅瘦。

——李清照《如夢令》

同樣是「夜來風雨聲」，同樣是「春眠不覺曉」，也同樣關注着風雨交加之後的滿地落英，李清照的「綠肥紅瘦」是實，孟浩然的「花落知多少」是虛，而且無須回答。

因為重點是「處處聞啼鳥」。

主題也不同，孟浩然是喜晴，李清照是傷春。

這當然由於個性有別，卻也是時代使然。初唐和盛唐的詩總體上是青春年少的。即便傷感惆悵，也是人生初展的少年時代那輕煙般莫名的哀愁。所以儘管悲傷，仍然輕快；雖然歎息，總是輕盈。（請參看李澤厚《美的歷程》）真正傷春的詩詞，比如「風不定，人初靜，明日落紅應滿徑」（張先）等等，要到中晚唐和兩宋。

杜甫的《春夜喜雨》便更能體現這一點。

春夜喜雨

⊙ 杜甫

好雨知時節，當春乃發生。

隨風潛入夜，潤物細無聲。

野徑雲俱黑，江船火獨明。

曉看紅濕處，花重錦官城。

同樣是寫春雨，杜甫這首詩有另一種調子。

沒錯，孟浩然的重點在雨後初晴，杜甫在夜雨乍到。

那可真是好雨呀！它的到來是那麼及時。誰都知道，一年之計在於春，春雨貴於油。怎麼剛剛開春，就下了起來？莫非這場春雨是有心靈感應，通人情，知好歹，清楚農業生產需求的？

何況它又是那樣的懂事：白天下雨會妨礙農作，狂風暴雨又會破壞嫩苗，悄悄地隨着春風在暗夜裡飄然而至，輕柔幽細一聲不響地滋潤大地和萬物，才是用心良苦，也才恰到好處。

隨風潛入夜，是靈性。

潤物細無聲，是溫情。

雨之好，不僅在及時，更在體貼。

不過，這也只是雨好，不是詩好。

詩，又好在哪裡呢？

先看開頭。

開頭是大白話：

好雨知時節，當春乃發生。

奇怪！詩貴含蓄，杜甫會不知道？

當然知道。

那麼，為甚麼要用這樣的大白話來開篇？

因為那雨實在太好，不能不大聲喝彩；也因為自己的喜悅之情無法按捺，忍不住脫口而出。更重要的是，只有明白如話，才能直指人心，也才能讓人眼睛一亮。

　　所以，這裡不能含蓄，必須直白。

　　接下來的兩句首先是紀實：那雨是悄然而至毫不張揚的，因此不覺入夜，卻已隨風而入夜；不聞有聲，卻已潤物於無聲。

　　但，寫實的背後有用心。

　　雨隨風至本是常規，說「潛入夜」就有了人情味。

　　雨潤萬物本是常理，說「細無聲」就有了親切感。

　　悄悄到來，細細滋潤，才叫做體貼入微。

　　那不動聲色的感覺，便全靠這兩個字來傳達。

　　這就叫傳神，也叫煉字。

　　只用了兩個字，就出神入化。

　　傳神的同時也傳了情，喜愛之情正可謂躍然紙上。

　　現在再看上半段：

好雨知時節，當春乃發生。

隨風潛入夜，潤物細無聲。

　　這四句如行雲流水，一氣呵成，筆調明快，語氣輕鬆。

　　落筆也都在雨上。

但是緊接着，詩人卻筆鋒一轉寫到了雨中之景：

野徑雲俱黑，江船火獨明。

是啊！田野上原本若隱若現的小徑，此刻已經與低垂地面的烏雲融為一體；一團漆黑之中，只有江上的漁船燈火獨自明亮，更顯得雨意正濃。天地之間，充滿了那及時雨的濃情蜜意。

這是怎樣的雨夜啊！

春水都要從紙上溢出來了。

的確如此，要不怎麼說「曉看紅濕處，花重錦官城」？

錦官城就是成都，杜甫這首詩正是在成都寫的。

這兩句話的意思是：第二天早上你去看看吧，那些被雨水浸透的花兒都是沉甸甸的。

那麼，這是詩人的想像，還是親眼所見？

並不重要。要緊的是，這句話中的「重」要讀重量的重，不讀重複的重。重量的重才有沉甸甸的意思，也才符合詩的要求。

沒錯，這是一首五律，也就是五言律詩。

五律是格律詩，格律詩的知識在附錄中講得很清楚，讀者最好先看一下。不看也不要緊，但必須注意下面這幾個字的讀音：

俱：平聲字，讀如居。

看：平聲字，讀如堪。

重：去聲字，讀重量的重，不讀重複的重。

比較難掌握的是入聲字，讀不出來，也沒關係。

早春呈水部張十八員外二首・其一 ⊙ 韓愈

天街小雨潤如酥，草色遙看近卻無。
最是一年春好處，絕勝煙柳滿皇都。

──註 ○ 草色遙看近卻無的『看』必須讀平聲，讀如堪。──

這首詩寫的也是春雨，而且是毛毛雨。

毛毛雨是鋪天蓋地、無處不在的，卻又細小得無法辨識，就像煙籠霧罩一般，所以也叫煙雨。

韓愈卻說它像酥油。

酥油就是奶油，光澤是溫潤的，口感是滑潤的。因此，天街小雨潤如酥，就比「潤物細無聲」還要動人。

潤，一字千金。

酥，神來之筆。

草色遙看近卻無，更是絕妙好詞。

這是北方的早春時節，樹梢和屋簷下應該還掛着冰凌。上升的陽氣卻已化開大地，草芽也在不經意間悄悄地鑽了出來。於是酥油般溫潤的煙雨之中，遠遠望去，到處都是若隱若現的青色。但是走到近處，卻似乎甚麼都沒有，甚麼都看不見。

春色，就在這若有若無之間。

若有若無，才特別耐人尋味。

所以說：最是一年春好處，絕勝煙柳滿皇都。

皇都就是長安，城中的朱雀大街就叫天街。煙柳則是枝繁葉茂望上去彷彿成片濃煙的楊柳。這當然也是美景。可惜的是，按照後來北宋歐陽修《蝶戀花》詞的說法，楊柳堆煙之時，已是雨橫風狂三月暮，又哪裡比得上「草色遙看近卻無」？

何況那煙柳還到處都是。

江南春

⊙ 杜牧

千里鶯啼綠映紅，水村山郭酒旗風。

南朝四百八十寺，多少樓台煙雨中。

又是煙雨，又是春天，只不過在郊外，在江南。

江南的春天格外迷人，千里之中鶯飛草長，葉綠花紅。那些個傍水的村莊，依山的城郭，到處可見酒旗在春風中飄揚。酒旗就是酒店懸掛在路邊用來招攬生意的錦旗，也叫酒望或青旗等等，相當於現在的招牌或霓虹燈。把酒旗迎風招展說成酒旗風，固然是出於平仄和押韻的要求，卻也讓人覺得那風中有酒的芳香。

有花木，有鶯啼，有酒香，這就是江南春。

不過也有人質疑：千里之遙，看得着酒旗，聽得見鶯啼嗎？

當然不行。

所以，他主張改為十里。

這很可笑。千里太遠，改成十里就看得着，聽得見？

同樣不行。

實際上，千里鶯啼綠映紅，水村山郭酒旗風，說的並不是眼前所見的一處兩處，而是整個江南。整個江南無不如此，那才叫江山錦繡，春意盎然。十里鶯啼綠映紅，有意思嗎？

沒有。

其實，麻煩在第四句。

稍微想想就知道，千里鶯啼綠映紅，水村山郭酒旗風，怎麼看都是晴天。也只有在和陽之下暖風之中，才會有春光明媚鳥語花香的感覺。那麼，為甚麼又說「多少樓台煙雨中」呢？

也有各種可能。

比方說，這裡風和日麗，那裡煙雨蒙蒙。千里江南，又是陰晴不定的春季，原本就該如此，有甚麼可奇怪？何況那四百八十寺還是南朝的。多少樓台煙雨中，可以是現在，也可以是當年嘛！

哪個是正解？

沒有標準答案。

實際上，讀詩最忌認死理。比如追問「四百八十寺」的數字是怎麼統計出來的，就很煞風景。而且唐詩與宋詞不同。宋詞更喜歡聚焦於某個場景，把文章做足。唐詩卻是跳躍的，往往將不同時空的故事放在同一首詩中進行比照，用字不多卻內涵豐滿。

杜牧這首《江南春》就正是如此。

的確，千里鶯啼綠映紅，水村山郭酒旗風，是陽光燦爛和滿心歡喜的。南朝四百八十寺，多少樓台煙雨中，卻更像一張不無惆悵的黑白照片。畢竟，南朝佛教的鼎盛時期，距離杜牧寫這首詩已經三百年了，豈非只能在煙雨迷蒙中若隱若現？那種無可名狀的歷史滄桑感，恐怕也只能用這樣的畫面來表達吧！

清明

⊙

杜牧

清明時節雨紛紛，路上行人欲斷魂。

借問酒家何處有，牧童遙指杏花村。

春天裡，最愛下雨的是清明時節。

清明雨，知幾許？

杜牧說：紛紛。

他還說：路上行人欲斷魂。

但，如果理解為把人都淋成落湯雞，就錯了。

斷魂，也不是魂飛魄散、痛不欲生的意思。

實際上，一年四季都有雨，雨和雨不相同。盛夏是暴雨，深秋是苦雨，寒冬是凍雨。感性的大自然，情調是很豐富的。

那麼，春天呢？

沾衣欲濕杏花雨。

這是宋代僧人釋志南的詩。

下一句是：吹面不寒楊柳風。

兩句詩的意思是：楊柳泛青杏花綻放的時節，春風陣陣，吹面不寒；細雨霏霏，沾衣欲濕。既然是欲濕，那雨就不大，反倒更有詩意。陸游就說：此身合是詩人未？細雨騎驢入劍門。是啊，騎着毛驢走在蜀道，偏偏就煙雨蒙蒙，怕是命中注定要當詩人吧？

哈哈！沒有雨，他還寫不成詩。

杜牧的感覺應該也一樣。

可，為甚麼又說斷魂？

意思其實是：你看這雨下的！

畢竟，那楊柳風雖然吹面不寒，杏花雨也沾衣未濕，卻總不能

老在雨中，何況這雨還沒完沒了，當然「路上行人欲斷魂」啊！

那就找家酒店，暖暖身子歇歇腳。

接下來的詩句極有畫面感：騎在牛背上的牧童不過用鞭子隨手那麼一指，一座杏花環繞的村莊便遙遙在望，就連村中賣酒的店招都隱約可見了。借問酒家何處有，牧童遙指杏花村，真是何等輕快自如的語氣，瀟灑俊逸的形象，詩情畫意的場景。

難怪《紅樓夢》中的大觀園，會有「杏簾在望」的景點。

寒食夜　⊙　韓偓

惻惻輕寒翦翦風，小梅飄雪杏花紅。

夜深斜搭鞦韆索，樓閣朦朧煙雨中。

清明前兩天，是寒食。

寒食當然也多雨。樓閣朦朧煙雨中，是毫不奇怪的。小梅飄雪杏花紅，也不奇怪。暮春時節，梅花已經謝幕退場，杏花卻在當紅之際。儘管這梅花飄落如雪，紅杏綻放似火的景象，應該是白天在陽光下看見的。但春天陰晴不定，同樣不奇怪。

奇怪的是開頭一句：惻惻輕寒翦翦風。

惻惻是悽愴悲哀的樣子。翦翦就是剪剪，用來形容帶有寒意的微風。寒食在冬至之後一百零五天，就算冷那也是輕寒，哪裡至於讓人覺得悽悽慘慘、悲悲切切呢？

關鍵在第三句：夜深斜搭鞦韆索。

原來，那時中國北方有女孩子在寒食節盪鞦韆的習俗，詩人則很可能跟一位姑娘曾經在此邂逅，所以今年他又來了。可惜從春光明媚的白天等到煙雨朦朧的深夜，也不見那人身影。這時，那迎面吹來原本略有寒意的翦翦風，便讓人覺得縱是輕寒也惻惻了。

這首詩，或許可以這樣理解。

其實理不理解都沒關係，詩意是沒有標準答案的。

能夠想像出那畫面，就好。

順便說一句，韓偓是晚唐詩人，偓讀如握。

小梅飄雪杏花紅，也有版本作「杏花飄雪小桃紅」。

寒食

⊙

韓翃

春城無處不飛花，寒食東風御柳斜。

日暮漢宮傳蠟燭，輕煙散入五侯家。

本詩作者韓翃是中唐詩人。

翃讀如宏，意為蟲子飛翔的樣子。

他這首詩也寫了寒食節全天，卻別是一番滋味。

開頭兩句就輕鬆明快，充滿喜慶。春風浩蕩直入皇城，城中的柳樹迎風起舞，柳絮便天女散花般地漫空飛揚。其中或許還夾雜着落紅無數，更顯得長安城裡到處喜氣洋洋。可以這麼說，春城無處不飛花，寒食東風御柳斜，只有短短兩句，唐代長安的蓬勃氣度和迷人風采，便像那鋪天蓋地的柳絮一樣撲面而來。

當然，這裡的「斜」要讀如霞。

日暮漢宮傳蠟燭，輕煙散入五侯家，就更是帝都景象。

這兩句說的是傍晚的事。唐人喜歡把自己稱為漢，所以漢宮其實就是皇宮。傳蠟燭則因為寒食這天禁止用火，就連晚上點燈照明也要皇帝特批。於是日暮時分，宦官們便騎着高頭大馬，舉着蠟燭走向最受恩寵的五侯之家。五侯的字面意思是五位侯爵，但這裡是達官貴人的代名詞，因此用不着管他們是誰，也未必只有五家。

實際上這首詩並沒有甚麼深刻意義，只不過如實地描寫了寒食那天的長安：白天柳絮飛舞，傍晚輕煙四散，如此而已。然而我們的感受卻是全方位的，不但看得見滿城風絮，也聽得到傳送蠟燭的馬蹄聲，聞得着散入五侯家那淡淡的煙火味。

甚麼叫好詩？這就是。

晚春　⊙　韓愈

草樹知春不久歸，百般紅紫鬥芳菲。

楊花榆莢無才思，惟解漫天作雪飛。

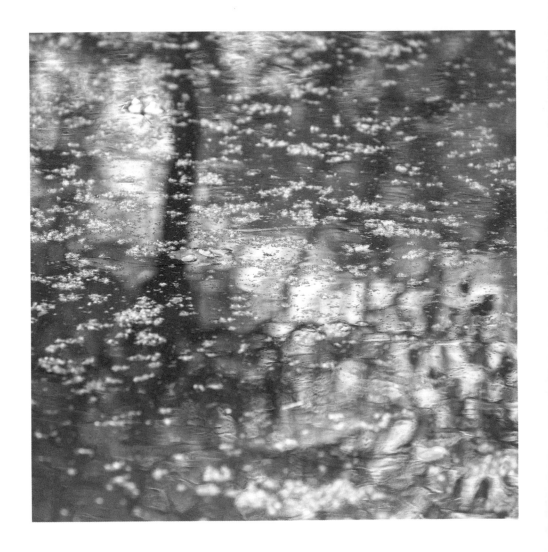

這首詩也寫了柳絮，就是詩中的楊花。

榆莢是榆樹的果實，俗稱榆錢。

榆錢老了也是白的，隨風飄散。

所以說：楊花榆莢無才思，惟解漫天作雪飛。

當然，思要讀仄聲，讀如四。

全詩的意思是：草本植物和木本植物都知道，春天過不了多久就會離開這裡，所以可着勁綻放花朵，爭奇鬥豔。柳絮和榆錢沒有甚麼才華和情趣，只知道像雪花一樣漫天飛舞。

那麼，詩人是在調侃柳絮和榆錢嗎？

有這種說法，但其實未必。畢竟，自然界萬物平等，哪來高低貴賤之分？相反，沒有才華情趣的柳絮和榆錢盡顯本色，豈非多了真誠少了諂媚？更何況萬紫千紅的背景下，無數雪片般的楊花榆莢紛紛揚揚匆匆而過，難道不更顯得晚春充滿生命活力？

所以即便調侃，背後也是肯定。

春天，是多姿多彩的。

萬綠叢中一點白，也很好。

詠柳

⊙ 賀知章

碧玉妝成一樹高，萬條垂下綠絲絛。

不知細葉誰裁出，二月春風似剪刀。

城東早春

⊙ 楊巨源

詩家清景在新春，綠柳才黃半未勻。

若待上林花似錦，出門俱是看花人。

春城無處不飛花，飛揚的其實是柳絮。

柳絮是暮春時節的舞蹈家，報春的使者則是柳眼。

甚麼是柳眼？就是柳樹的嫩芽。它是鵝黃色的，即便變成綠色那也是嫩綠。這些嫩芽有的破寒而出，有的姍姍來遲，參差不齊地先後亮相，於是同一棵柳樹之上便半是鵝黃，半是嫩綠。

所以說：綠柳才黃半未勻。

半未勻，精準而傳神。

中唐詩人楊巨源，有着攝影家的眼睛。

然而春天總是腳步匆匆，鵝黃嫩綠也很快就變成碧綠。因此在初唐詩人賀知章眼裡，那些柳樹便像一排排亭亭玉立的少女，婀娜多姿地在春風中翩然起舞。她們身上的絲帶輕盈飄逸，絲帶上的細葉清新可人。那麼，是誰的一雙巧手妝扮了這些小家碧玉呢？

哈哈，二月春風似剪刀。

春天，正方興未艾。

以後，可就楊柳堆煙，密葉藏鴉。

幸好兩位詩人，為我們留下了即逝的瞬間。

南園十三首・其一　⊙　李賀

花枝草蔓眼中開，小白長紅越女腮。

可憐日暮嫣香落，嫁與春風不用媒。

有春柳，還得有春花。

春花不好寫，中唐詩人李賀的這首詩卻特色鮮明，開場就靚麗明媚，歡天喜地：花枝草蔓眼中開，小白長紅越女腮。花枝就是木本植物的枝頭，草蔓則是草本植物的莖蔓。放眼望去，高高的枝頭嫣紅姹紫；低下頭來，長長的蔓兒千姿百態。

真是好一派春光。

而且，還目不暇接。

眼中開，便是這個意思。

小白長紅則有兩種解釋。一種說，意思就是萬花叢中白花少而紅花多；還有一種則認為是花兒紅裡帶白，就像江浙一帶年輕女孩白裡透紅的臉蛋——越女腮。那些春心蕩漾的越女，在這豔陽高照之下，暖風吹拂之中，臉上肯定是紅撲撲的。

但不管怎樣解釋，都充滿了青春氣息。

於是就連落花也很可愛。日暮時分，風起花落。但那不是凋零和飄散，而是嫁給了春風。這是讓人慶幸的。事實上唐詩中的「可憐」往往有多種含意，包括可惜和可歎，也包括可愛和可羨。因此讀者也可以作別的理解，比如理解為落花身不由己，還可以理解為反正紅紅火火開過了，嫁與春風又何妨。

詩無達詁，不要糾結。

重要的，是自己的感受和體驗。

雨晴

⊙

王駕

雨前初見花間蕊，雨後全無葉底花。

蜂蝶紛紛過牆去，卻疑春色在鄰家。

晚唐詩人王駕的這首詩也寫了落花。

只不過，李賀在風中，王駕在雨後。

雨過天晴，原本是讓人滿心喜悅的事。然而詩人卻發現，剛剛長出來的花骨朵都被一場暴雨打沒了，就連藏在葉子底下的也未能倖免。雨前初見花間蕊，雨後全無葉底花。春天，難道就這樣匆匆忙忙地離開了我們，而且還是不辭而別？

不能，不該，也不甘。

再看那些採花的蜜蜂和蝴蝶，都紛紛飛過牆去了。

原來，春天在鄰居家裡。

這當然未免「自欺欺人」之嫌。蜜蜂蝴蝶不過無所適從，自家園子裡沒有的，鄰居家又怎麼會有？

但對詩人來說，卻可能有，應該有，最好有。

鄰居家有春色，春色才是活的，儘管王駕用了「疑」字。

疑也對。似信非信，若有若無，豈非更好？

詩，不需要講道理。

講道理的，也一定不是詩。

錢塘湖春行 ⊙ 白居易

孤山寺北賈亭西，水面初平雲腳低。

幾處早鶯爭暖樹，誰家新燕啄春泥。

亂花漸欲迷人眼，淺草才能沒馬蹄。

最愛湖東行不足，綠楊陰裡白沙堤。

白居易這首詩，是江南早春的全景圖。

寫出全景並不奇怪，因為他在行走。

行走的地方，則是又叫錢塘湖的杭州西湖。

那麼，還有比這更能表現江南早春景象的地方嗎？

沒有。

但是怎麼寫，卻很考功力。

幸運的是，白居易沒有讓人失望。

詩的開篇看似平常：孤山寺北賈亭西，不過平鋪直敘，如實地記錄了春遊的地點而已。然而接下來的一句便如奇峰突起：水面初平雲腳低。水面初平，就是湖面與堤岸剛好平齊。我們知道，秋冬枯水季節湖水是比較少的，春雨之後則開始變得豐滿。所以「水面初平」四個字，一下子就把西湖早春的顯著特徵展現出來了。

何況那初平的水面上還有雲。

雲是來下雨的。沒有雨，湖水不會上漲。但在此刻，高空已經放晴，只有殘留的雲氣貼在水面，與蕩漾的波瀾連為一體，更顯得西施般美麗的西湖風采綽約，如夢如幻。

就連不在眼前的春雨，也寫出來了。

這景象，詩人卻只用了三個字來表現：雲腳低。

於是回頭再看開篇，便會覺得起句其實不凡。實際上這首詩的前兩句是兩張照片：孤山寺北賈亭西，是橫着的，俯瞰的；水面初平雲腳低，則是豎着的，平視或者仰拍的。放在一起，早春西湖那

碧水初漲、青山新綠、閒雲舒捲的山光水色便盡收眼底。

下面的鏡頭是近景，甚至特寫。

幾處早鶯爭暖樹，誰家新燕啄春泥，是詩人漫無目的行走湖邊的隨時所見，也是他為春天創作的讚美詩。的確，新生的黃鶯在樹梢歌唱，南來的燕子在屋檐築巢，原本是早春的尋常現象，白居易卻寫得滿心歡喜。是啊，有多少黃鶯兒飛到了陽光下的樹枝，那些燕子的新巢又在誰家？這其實是不需要回答的問題。之所以會這樣設問，無非是為了表達發自內心的喜悅，以及關切。

所以，「幾處」不能改成「處處」，「誰家」不能改成「家家」。

實際上，這兩句詩的用字極其認真講究，比如早鶯的早，新燕的新。早鶯和新燕，顯然比黃鶯和燕子更富有表現力，也更能傳達對春天到來的敏銳感覺。暖樹和春泥也是。其實泥就是泥，哪裡有季節之別？然而稱之為春泥，就平添了濕潤和芳香。這恰恰是春回大地時可以體驗到的感覺，我們甚至可以嗅到那氣息。

至於暖樹，則未必一定就是朝南向陽的樹枝或樹叢，而是泛指春樹。明媚春光之中，所有的樹都是暖融融熱乎乎的。但，稱之為暖樹，就像將泥土稱為春泥，頓時便有了柔潤的感覺。

只不過，春泥濕潤，暖樹溫潤。

同樣，爭暖樹的爭也非爭奪，而是爭相。最先感覺到春意的黃鶯爭相飛向枝頭放聲歌唱，那是一種怎樣生機勃勃的動態，又是怎樣暖融融的舒心，喜洋洋的歡快，樂滋滋的鼓舞！

幾處早鶯爭暖樹，是溫度。

誰家新燕啄春泥，是濕度。

江南水鄉濕漉漉的暖春啊！

亂花漸欲迷人眼，淺草才能沒馬蹄，同樣精彩。

的確，春天是百花齊放的。但這個「齊」不是整齊劃一，反倒更像是鬧哄哄的一擁而上，因此非「亂」字不能形容。亂，並不是雜亂、混亂和凌亂，而是形形色色、多姿多彩和爭奇鬥豔。它們東一叢西一簇，大的大小的小，或層層疊疊，或星星點點，看似毫無章法，其實自由自在。而這，正是大自然的可愛和可貴。

如此五彩繽紛，當然讓人眼花繚亂。不過此刻還是早春，所以只是「漸欲迷人眼」，正如那堤岸的淺草「才能沒馬蹄」。才能是剛好的意思。漸欲迷人眼，才能沒馬蹄，就不但有分寸感，而且傳達出愜意感了，難怪會說：最愛湖東行不足，綠楊陰裡白沙堤。

看來，他頗有些意猶未盡。

我們同樣如此。

那就再讀兩首。

月夜　⊙　劉方平

更深月色半人家，北斗闌干南斗斜。

今夜偏知春氣暖，蟲聲新透綠窗紗。

春天是有氣息的。

氣息通過聲音來表現，卻是盛唐詩人劉方平的發明。

詩中「北斗闌干南斗斜」的闌干，則是橫斜的意思。

當然，斜要讀如霞。

看來，這是一個春寒料峭的夜晚。北斗七星和南斗六星都已經改變了狀態，家家戶戶一半在月光下，一半在陰影中。所謂「更深月色半人家」的半，是量詞作動詞用，意思是月光和陰影把房屋和庭院一分為二，就像光影對比鮮明的木刻或者黑白照片。

這樣的畫面，是清冷的。

然而偏偏就在這更深夜靜寒氣襲人的時候，詩人感到了春天的溫暖，因為突然間響起了清脆歡快的蟲鳴。蟄伏的蟲子對節氣變化是最敏感的，它們迫不及待地開始迎春了。

今夜偏知春氣暖，蟲聲新透綠窗紗，就是這個意思。

新透，表明是第一次。

蟲聲，是春天的小奏鳴曲。

窗紗是綠的，則更顯得暖意融融。

詩人用筆之細膩，可以說一個字都不含糊。

聽鄰家吹笙

⊙

郎士元

鳳吹聲如隔彩霞，不知牆外是誰家。
重門深鎖無尋處，疑有碧桃千樹花。

題都城南莊

⊙

崔護

去年今日此門中，人面桃花相映紅。
人面不知何處去，桃花依舊笑春風。

大林寺桃花

⊙

白居易

人間四月芳菲盡，山寺桃花始盛開。
長恨春歸無覓處，不知轉入此中來。

還是要看桃花。

沒有桃花的春天，是不像春天的。

這裡選的三首詩，放在一起也有點意思。

郎士元《聽鄰家吹笙》所寫其實並非桃花，而是笙樂。笙是多簧管吹奏樂器，形狀像鳳凰，聲音像鳳鳴，所以叫鳳吹。鳳吹聲如隔彩霞，意思是：如此美妙的笙曲就像是從天而降啊！

那麼，隔壁家莫非是王母娘娘的蟠桃園？

因此，疑有碧桃千樹花。

這是羨慕。

崔護《題都城南莊》則名為寫花，實為寫人。

人是「去年今日此門中」偶遇的。據說，當時詩人到郊外踏青路過某莊園，敲門討水喝，沒想到送水的是一位桃花般青春靚麗的姑娘。她斜着身子站在桃樹下看着詩人喝水，臉蛋紅撲撲的，眼神水汪汪的，宛如桃花含苞欲放。所以說：人面桃花相映紅。

此事當然沒有下文，但詩人念念不忘。於是，第二年春天他又來到這裡，卻再也見不着那姑娘，只有桃花熱熱鬧鬧又沒心沒肺地在春風中綻放。所以說：人面不知何處去，桃花依舊笑春風。

這是惆悵。

白居易的《大林寺桃花》真是寫花，只不過那花開在暮春時節和高山之上，而且是意外發現。於是詩人心花怒放地說：平時常常抱怨不知春天去向何方，沒想到她竟然藏在這裡！

這是驚喜。

桃花，有時候又不完全是桃花。

唐詩，卻總是桃花燦爛。

十五夜望月寄杜郎中　⊙　王建

中庭地白樹棲鴉，冷露無聲濕桂花。

今夜月明人盡望，不知秋思落誰家。

——註○ 秋思的思字要讀去聲，讀如四。這方面的知識，請閱讀附錄。——

春日多風情，秋夜多思緒。

中唐詩人王建的這首就是。

那是一個清冷而孤寂的夜晚。高懸的滿月把庭院中的空地照得雪白雪白，曾經喧鬧不已的鳥兒們都在樹陰裡面睡着了，可謂萬籟俱寂鴉雀無聲。寒氣月光般地從空中灑下，悄無聲息地濕潤了飄着幽香的桂花。在這清輝普照的夜裡，所有人都在望着月亮吧？卻不知道那浮想聯翩的萬千思緒，此刻又落在了誰家？

這首詩的意思，大體如此。

不難看出，詩人筆下的月夜是澄靜素潔、寒意輕襲的。中庭月色如水，枝頭冷露暗凝，既是眼前之景，也是內心寫照。情懷意緒需要傳達，這才有「不知秋思落誰家」之問，儘管有着難言思緒的正是他自己。但那樣說就不是詩了。更何況中秋之夜，正是「月明人盡望」的時候，你怎麼知道別人就沒有秋思呢？

大家都有，才有意思。

某些人有，某些人沒有，也有意思。

另有版本把「落誰家」寫成「在誰家」，則各有千秋。落，新穎奇特富於動感；在，看似尋常卻有道理。比如王駕《雨晴》的「卻疑春色在鄰家」就不能用「落」字。實際上，在是原本就有，落是從天而降。本書選擇落，是因為與月光和冷露相匹配，讀者朋友們完全可以根據自己的心情和理解，去讀這首詩。

在和落，都好。

秋
夕

⊙

杜
牧

銀燭秋光冷畫屏，輕羅小扇撲流螢。

天階夜色涼如水，坐看牽牛織女星。

杜牧這首詩，也有人說是前面那位王建的。

　　這可以不去管他。我們只要知道，這是寫一位宮女在七月七日那天晚上的秋思就行。因為天階就是皇宮裡的石頭台階，看天上的牛郎織女則多半是在七夕。坐看，也有版本寫作「臥」。不過既然在石頭台階上，恐怕躺不下來，所以應該是「坐」。

　　坐着看，也才有不想睡的意思。

　　實際上，七夕在初秋，還很熱。夜色涼如水，則證明那時已經是深夜了。深夜還不睡，是因為睡不着。睡不着，又因為孤單寂寞內心鬱悶。我們知道，中國古代的宮女其實是七星級豪華監獄裡的勞改犯兼服務員，根本沒有人身自由。不要說男歡女愛，就連正常男人的影子都未必見得到，這對於青春少女無異於精神摧殘。

　　百無聊賴，就只好輕羅小扇撲流螢。

　　顧影自憐，就只好坐看牽牛織女星。

　　但，這又有甚麼用呢？

　　於是就連那燭光也是冷的。冷畫屏不是畫屏冷，是燭光把畫屏照冷了，也就是形容詞作動詞用。銀燭，也有版本寫作紅燭。但不管是紅燭還是銀燭，都多少是有些熱度的，卻居然能夠把映照着的畫屏變冷，可見那位宮女的心中已經冷到了甚麼程度。

　　也難怪「夜色涼如水」了。

　　不過這首詩的調子並不沉重。我們甚至只要改一個字，比如把天階改為庭階，那就完全可以是另一種理解：七夕之夜，有個天真

爛漫的小女孩拿着輕羅小扇在追逐飛來飛去的螢火蟲，直到夜色像水一樣涼爽時還不肯睡，傻乎乎地坐在台階上看牽牛織女星。

　　怎麼樣，講得過去吧？

　　詩，真是一種奇怪的東西。

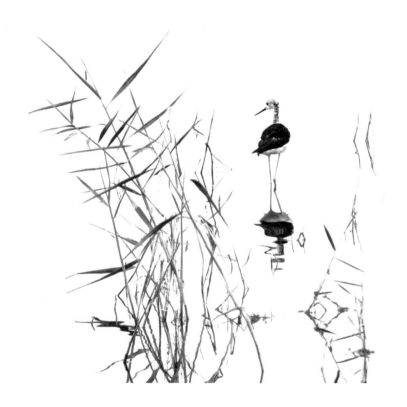

登高　⊙　杜甫

風急天高猿嘯哀，渚清沙白鳥飛回。

無邊落木蕭蕭下，不盡長江滾滾來。

萬里悲秋常作客，百年多病獨登台。

艱難苦恨繁霜鬢，潦倒新停濁酒杯。

杜牧的《秋夕》清冷，杜甫的《登高》悲愴。

這首詩是杜甫五十五歲那年在夔州也就是重慶奉節所寫，三年以後他就去世了。此時，這位一生坎坷的詩人已是居無定所，並且體弱多病，又因為身體的原因而戒了酒，所以才會說「萬里悲秋常作客」和「潦倒新停濁酒杯」云云。前一句是說，由於長期顛沛流離寄人籬下，所以每到讓人傷感的秋天便未免悲從心來；後一句的意思，則是說自己窮困潦倒的程度，已經連借酒消愁都不可能。

但，他還是決定在重陽節這天，抱病登高。

沒錯，百年多病獨登台。

這當然是誇張的說法。杜甫此時年過半百不久，豈能是「百年多病」？獨登台也未必是隻身，只不過沒有理解他的人陪伴，他的內心世界是寂寞的，孤獨的，需要對話和回應的。

能夠對話和回應的，只有大自然。

請看前半段。

風急天高猿嘯哀，渚清沙白鳥飛回。短短十四個字，就一口氣寫了六種長江三峽深秋季節的自然景物：峽口的風，秋日的天，江上的洲（渚，讀如主），岸邊的沙，山中的猿，天空的鳥。風是急速強勁的，天是高遠遼闊的，洲是一塵不染的，沙是潔白無瑕的。也正是在如此峻峭凜寒的背景下，猿在哀號，鳥在盤旋。

這是怎樣的畫面，這是怎樣的交響！

然後是：無邊落木蕭蕭下，不盡長江滾滾來。

毫無疑問，這是緊接前文，但更加氣勢磅礴。事實上，正因為風急天高，那崇山峻嶺的無邊落葉才會急雨般地蕭蕭而下，而渚清沙白則更顯得波濤洶湧的不盡長江是滾滾而來。這兩句詩，一則席捲天下，一則氣吞萬里，將雄渾悲壯的格調推向了極致。

這又是怎樣的眼界，怎樣的情懷！

有此眼界和情懷，萬里悲秋常作客，已不必在意；百年多病獨登台，也不足為奇。儘管詩的最後兩句不盡人意，但當他面對無邊落葉和不盡長江時，詩人已經跟宇宙融為一體了。

同為傷感，也是有不同格局的。

山中

⊙

王勃

長江悲已滯，萬里念將歸。

況屬高風晚，山山黃葉飛。

可以跟杜甫《登高》並讀的，還有王勃這首。

王勃是「初唐四傑」之一，也是少年才子。他在這個世界停留的時間非常短暫，二十六歲那年就由於掉進海裡驚嚇而死。當時他剛剛到越南看望了貶官在那裡的父親。而且，正是在探親途中路過今天的南昌時，寫下了名篇《滕王閣序》及歌。

這首詩的寫作時間要早很多。那時，少年得志的王勃因為寫了篇遊戲文章而被唐高宗罷官，只好作客四川重慶一帶。在某個深秋時節，他來到兩岸都是崇山峻嶺的長江邊，看見那江水迴旋，落葉紛飛，不由得發出「長江悲已滯，萬里念將歸」的感慨。

對這兩句詩，歷來有各種解釋，但未必要有標準答案。比如「長江悲已滯」這句，是說江水流動緩慢，就像滯留此地的自己；還是說江水奔流不息，更顯得有家難歸可悲？恐怕都能成立。

同樣，第三句中的晚，指的是時令還是時辰，也無所謂。

反正是很晚，反正是有風。

總之，大江東去，秋風蕭瑟。

而且，山山黃葉飛。

當然，這裡並沒有杜甫詩中的無邊之狀，蕭蕭之聲，因此不如杜詩厚重，卻也並不沉重。畢竟，黃葉飛可以是急速而下，也可以是翩然起舞；可以是紛紛揚揚，也可以是星星點點。就連「山山黃葉飛」都未必一定是親眼所見，儘管我們能夠想像出那畫面。

那就讓黃葉再飛一飛。

秋詞二首・其一 ⊙ 劉禹錫

自古逢秋悲寂寥，我言秋日勝春朝。

晴空一鶴排雲上，便引詩情到碧霄。

秋日裡並非只有傷感，劉禹錫這首就不是。

詩的意思淺顯易懂：自古以來，每到秋天，文人墨客就會發出悲悲切切的感歎，比如人生苦短風光不再等等。我卻認為，秋天比春天要好得多。不信你看那萬里晴空之中，一隻白鶴推開浮雲直上九萬里，不也引得我們的詩情到了最高處嗎？

有人說，這是翻案文章。

其實這樣理解大可不必。沒有誰規定春天就得怎麼樣，秋天又該想甚麼。春夏秋冬，都可以有悲歡離合。要緊的是「晴空一鶴排雲上」的畫面感，才是本詩永恆的魅力。

同題的另一首也是，其中一句是：

數樹深紅出淺黃。

就這麼七個字，秋色便盡在眼前了。

詩人，也都是攝影家。

暮江吟

⊙

白居易

一道殘陽鋪水中，半江瑟瑟半江紅。

可憐九月初三夜，露似真珠月似弓。

畫面感更強的，是白居易這首。

　　這是九月初三的江景，因此只有新月，之前則有夕陽。但，把落日餘暉映照在江面說成是鋪在水中，卻生動而精準。鋪，甚至比用「灑」還要好。灑是自上而下，鋪是徐徐舒展。長江中下游多為寬闊原野，地平線上的光芒可以貼着江面從容不迫地鋪開。也正是在這種不疾不徐之中，我們感受到秋陽的明媚與柔和。

　　但，殘陽只有一道。

　　於是，我們便看到了這樣動人的畫面：長空天高雲淡，江水波瀾不興，向陽的那邊波光粼粼紅光閃閃，光照不及的另一半則碧綠碧綠有如名叫「瑟瑟」的寶珠。這樣兩種對比鮮明瞬息萬變的色彩竟然融為一體，難怪古人把這首詩稱之為「着色秋江圖」。

　　何況還有銀色。

　　銀色的是月亮，只不過是新月，所以比喻為弓。九月初三月亮升起時已在深夜，天空降下的寒氣也在草上結出了露珠。這些露珠在清輝之下晶瑩剔透，就像珍珠鑲嵌在綠毯，與彎弓般的新月相映成趣，當然要說「露似真珠月似弓」了。

　　弓是彎的，珍珠是圓的，江水則一半紅一半綠。然而這種對比卻毫無違和之感，反倒讓人覺得平緩舒展，安閒恬靜，同時又風情萬種，搖曳生姿，實在是看似尋常不尋常。

　　甚麼叫詩情畫意？這就是。

宿駱氏亭寄懷崔雍崔袞

⊙ 李商隱

竹塢無塵水檻清，相思迢遞隔重城。

秋陰不散霜飛晚，留得枯荷聽雨聲。

這是一首抒情詩，但是情在景中。

景是清幽雅潔的。修竹環繞的船塢一塵不染，亭子外面的湖水清澈見底。湖中的荷葉已經枯萎，頭頂的陰雲卻不肯散去。忽然間想起了長安城裡的朋友，但可惜遠隔重城，無法將相思傳遞，只好聽着那深夜到來的秋雨淅淅瀝瀝灑在荷葉上，一聲又一聲。

其實，這是一種唯美的意境。因為陰雲不散則有雨，霜降延時則不寒，而枯荷上的雨聲又是錯落有致，別有情趣的。看來，由於秋陰不散而夜雨時至，霜飛太晚而留得枯荷，倒是天公作美了。

也許吧，也許。

山行

⊙ 杜牧

遠上寒山石徑斜，白雲生處有人家。

停車坐愛楓林晚，霜葉紅於二月花。

讀完枯荷，就該來看楓葉。

楓葉是秋天的標誌。

霜葉紅於二月花，則是名句中的名句。

然而標題卻是《山行》。

因此第一句便是：遠上寒山石徑斜。

當然，斜要讀如霞。

這句詩的信息量很大。遠上說明路長，山寒說明天冷，所以此行坐了車，而且大約也只能走到半山腰。

前面，沒準就是石頭鋪就，必須拾階而上的小路了。

小路蜿蜒曲折，看上去歪歪扭扭，所以說「石徑斜」。

此時回頭望去，但只見座座峰巒草木凋零，盡顯蕭瑟。峰巒與峰巒之間，白雲繚繞，飄浮不定，一片蒼茫。但，山風吹來，雲開霧散那會兒，卻隱約可見三五房舍，幾處村落，星星點點。

這就叫「白雲生處有人家」。

生，也有版本寫作深。

但顯然，生比深要好。站在半山腰的高處，是可以看見雲霧從谷底升騰的。相反，雲深不知處，則恐怕看不見甚麼房屋。更何況白雲「生長之處」有人家，豈非詩意盎然？

詩人卻說：停車坐愛楓林晚。

坐，不是坐下來，而是「因為」的意思。晚，則有時至深秋和天色已晚的雙重意思，也就是晚秋的傍晚。楓葉在晚秋最紅，有着

霞光映照就更紅。在這寒意漸生的時刻，看見火焰般的林子，當然神清氣爽，也當然會由衷地讚美：霜葉紅於二月花。

請注意，霜字很重要，也不能改。改成紅葉，就跟「紅於二月花」的紅字重複了。紅葉紅於二月花，還是詩嗎？改成楓葉，則又跟前面一句的楓字相重。何況霜降是秋天最後一個節氣，那麼「霜葉」二字豈非更加證明「楓林晚」有晚秋的意思？

更何況，經霜而更紅，也意味深長。

讀唐詩，讀宋詞，有時候是要咬文嚼字的。

總之，白雲舒展，石徑橫斜，楓葉流丹，層林盡染，這就是杜牧筆下的秋山霜林圖，鏡頭感和層次感都很強：遠景是依稀可見的峰巒，中景是白雲生處的人家，近景則是紅紅火火的楓葉。比二月花還要紅的霜葉，無疑是這幅畫中最大的亮點。這也是詩人要把停車的原因，歸結為喜愛「楓林晚」的道理。

這就不僅是詩中有畫，更是詩中有精神了。

菊花

⊙

元稹

秋叢繞舍似陶家，遍繞籬邊日漸斜。

不是花中偏愛菊，此花開盡更無花。

秋天不僅有楓葉，也有花。

標誌性的，是菊花。

菊花從來就是詩人的愛物，比如陶淵明。

採菊東籬下，悠然見南山，是他的名句。

後面一句還有一個版本：悠然望南山。

這恐怕不對。陶淵明的「採菊東籬下」既然是悠然自得的閒情
逸致，也就只能是不經意間看見了南山，豈能刻意去望？

總之，陶淵明是愛菊的。

所以，元稹才會說他園子裡的菊花多得就像陶淵明家，他自己
也在籬笆旁邊轉到夕陽西下，依然不肯離去。

理由是：此花開盡更無花。

這好像大可不必。

愛就愛，不需要理由。

傲雪凌霜之類的道德高調，也很無聊。

真要欣賞菊花，還不如去看她在夕照下若有所思的樣子。

滿園花菊鬱金黃，中有孤叢色似霜。
還似今朝歌酒席，白頭翁入少年場。

待到秋來九月八，我花開後百花殺。
沖天香陣透長安，滿城盡帶黃金甲。

這兩首也是菊花詩，卻風格迥異。

白居易的風趣。他說，滿園的菊花金黃金黃，只有當中一小叢雪白如霜。這就好比老人白髮蒼蒼，卻走進了年輕人的歡場。

鬱金黃，是金桂的別名。

把菊花說成花菊，則是出於格律的需要。

總之，白居易這詩的調子是詼諧歡快的。

黃巢則不一樣。在他眼裡，菊花是戰士。而且，當這些戰士在長安城出現時，二月春風中爭奇鬥豔的那些花兒，無論是紅得發紫還是潔白如雪，全都早就凋零飄落風光不再。只有菊花，披着黃金盔甲列成軍陣，讓濃鬱的香氣浸透全城，直沖霄漢。

這是何等的氣派！

現在已經無法知道黃巢當時是怎麼想的。按照某種流傳甚廣的說法，他寫這首詩的時候，只不過到帝都長安參加科舉考試之普普通通讀書人，而且名落孫山。那時他就能想到秋後算賬，揚言「待到秋來九月八，我花開後百花殺」，未必可靠。儘管後來黃巢作為唐末起義軍的領袖，確實是坐着金色馬車進入長安的，身後浩浩蕩蕩數十萬大軍威武雄壯的陣容，也讓黃金之甲滿城盡帶。

不過這證明不了甚麼，除非這詩是起兵以後寫的。

那就還是用純粹藝術的眼光來看為好。

這是一首七言絕句，又叫七絕。七絕一般押平聲韻，這首詩押的卻是仄聲，而且是入聲。入聲字的特點是聲調短促。短促，讀起

來就鏗鏘有力，就凌厲激越，就斬釘截鐵，甚至有一種不由分說的氣勢。這很符合作者的反叛精神和王霸之氣。

也許正因為此，詩中「待到」的日子不是重陽那天，而是之前的九月八，儘管寫成「九月九」也照樣可以押仄聲韻，比如：

待到秋來九月九，我花開後百花朽。
沖天香陣透長安，滿城盡帶黃金鈕。

當然，如果覺得不夠過癮，又不在乎全用上聲，也可以用甲冑的冑代替鈕扣的鈕，變成這樣：

待到秋來九月九，我花開後百花朽。
沖天香陣透長安，滿城盡帶黃金冑。

大家覺得怎麼樣呢？

顯然不如原作。

實際上，待到秋來九月八，我花開後百花殺。前一句還像輕鬆自如地脫口而出，後一句可就有如平地響雷，驚心動魄了。尤其是那「殺」字，可謂石破天驚，儘管其本意只是凋零。

第三句「沖天香陣透長安」更是寫得十分飽滿。過去文人筆下孤傲淡雅的菊花不再是暗香襲人，而是擺成了沖天香陣。那強弓勁

弩般極具穿透力的香氣在長安城內瀰漫，透過城牆直上九霄。這是戰士才有的力量。也難怪放眼望去，竟是「滿城盡帶黃金甲」。

這一個「透」字，豈非神來之筆？

如此氣度，又豈非前無古人？

甚至可以說，這是晚鐘，也是絕唱。

終南山

⊙

王維

太乙近天都，連山接海隅。

白雲回望合，青靄入看無。

分野中峰變，陰晴眾壑殊。

欲投人處宿，隔水問樵夫。

寫山景，王維首屈一指。

這首詩寫的，是他曾經隱居的終南山。

終南山有廣義和狹義的兩種。廣義的終南山，就是西起甘肅省天水市，東至河南省陝縣的秦嶺。位於秦嶺山脈中段、長安城南又叫太乙山的那部分，則是狹義的終南山，也是王維的終南山。

所以開篇就說：太乙近天都，連山接海隅。

天都也有兩種解釋，一是指唐都長安，一是指天帝之都。仔細想想，後一種是。畢竟，終南山主峰海拔兩千六百多米，當然接近天廷。而且，也只有站在這裡，才能看見自西向東的山峰延綿不絕似乎直到大海之濱，儘管「接海隅」是想像和誇張。

事實上本詩的觀察點恐怕只有一個，那就是終南山主峰，雖然對這首詩歷來有不同解讀，比如說首句是山下仰視，第二句是山上俯瞰等等。但那樣就講不通全詩，或者會講得支離破碎。

不妨來看後面幾句。

第二聯「白雲回望合，青靄入看無」，其實是「回望白雲合，入看青靄無」。之所以用了倒裝句，是由於格律的要求，因此「看」要讀如堪。青靄則就是白雲，只不過在山下觀看時，它們在樹木的映襯下帶有淡淡的青色。但是登上峰頂，不要說淡青色，就連雲霧也不見蹤影，因為人已經在雲霧之中。這時回頭再看，但只見成片的白雲環繞着山腰，把主峰變成了茫茫雲海中的孤島。

這就是「白雲回望合，青靄入看無」的意思。

分野中峰變，陰晴眾壑殊，也是倒裝句。站在峰頂，山南山北的區別一目了然。那些峰巒和溝壑，有的向陽，有的背陰，都紛紛呈現出不同的光影，顯得陰晴不定，還變化萬千。如果置換成詩的語言，也許就叫：中峰分野陰晴變，萬壑千山氣象殊。

　　無疑，這仍然是在主峰所見。

　　最後兩句就無所謂了。欲投人處宿，可能在下山途中，也可能在山頂就已經想起。但不管怎麼說，這座山都是空曠幽深的。無論在哪裡尋找住處，也都只能隔水問樵夫。

　　然而這正是本詩的點睛之筆。它可能是作者的親身經歷，也可能是詩人的精心選擇。但即便是刻意謀劃，也非常自然。正因為自然而然，所以儘管接在自然景觀的後面，卻並不突兀，反倒由於有人間煙火的氣象，而平添了詩情畫意和無窮趣味。

　　不信，你換兩句試試。

鳥鳴澗

⊙ 王維

人閒桂花落，夜靜春山空。

月出驚山鳥，時鳴春澗中。

本詩仍是寫山，只不過是近景。

主題則只有一個字：靜。

靜到甚麼程度呢？

桂花落下來都能感知。

當然，是春天裡遲開的桂花，也就是春桂。

這並不容易。桂花非常細小，落在地上幾乎沒有聲音，照理說聽不見。當時又是晚上，月亮還沒有出來，因此也看不見。有人認為靠的是觸覺和嗅覺。但，桂花落在身上能有多少重量？飄落之時的芳香跟掛在樹上又有甚麼區別？難道詩人嗅覺之靈敏，竟然能夠捕捉到落花飄香的軌跡？恐怕靠不住。

那麼，桂花落了，怎麼知道？

大約也只能是聽見的。

聽得見，則是因為閒。

閒，其實是心靜，何況四周也靜。春花不再怒放，鳥兒也各自還巢，小動物們都睡了，寂靜的山中聽不到半點聲息，桂花飄落時那窸窸窣窣極其輕微的聲音便變得清晰可辨，真真切切，同時也更讓人覺得這深山空曠幽密，靜謐朦朧。

這就叫：人閒桂花落，夜靜春山空。

人閒，所以聽得見桂花落地。

夜靜，所以更顯得春山安寧。

也就在這不知不覺時，月亮升起來了。

月亮應該是又大又圓銀光閃閃的，這才會驚醒那些原本已經入睡的山鳥，出自本能地叫了起來。時鳴，就是時不時，也是你一聲我一聲。那些清脆的鳥鳴落入春澗，甚至會激起浪花。

　　但，本詩的主題不是「靜」嗎？

　　當然是靜，卻並非一點聲音都沒有。完全沒有聲音，那可不叫靜謐，得叫僵死。實際上，正如聽得見足音才是空谷，聽得見鳥鳴也才是靜夜，只要不是百鳥齊鳴鑼鼓喧天就好。

　　這就叫：此時有聲勝無聲。

　　更重要的是，月出峰巒，滿谷生輝，這才空靈而不空洞；鳥鳴樹梢，聲落春澗，也才清寂而不死寂。更何況月光柔和似水，桂花輕盈如夢，又何妨有一首小奏鳴曲來作背景音樂呢？

　　詩之精妙，莫過於此。

山居秋暝

⊙ 王維

空山新雨後，天氣晚來秋。

明月松間照，清泉石上流。

竹喧歸浣女，蓮動下漁舟。

隨意春芳歇，王孫自可留。

前面那首寫春潤，主題是靜。

現在這首寫秋山，基調是清。

空山清寂，初秋清爽，月光清澄，泉水清澈。

一切都那麼恬淡閒適，一切都讓人心曠神怡。

是啊！寧靜空疏的山中，一場新雨將青松翠柏和竹林荷塘都洗得乾乾淨淨。秋季的藍天原本高遠，何況還是皓月當空之際；林中的空氣原本清新，何況還在雨後初晴之時。泉水潺潺，流淌於岩石之上；月光朗朗，灑落在松葉之間，真是何等幽清明淨！

但，這是空靈，不是空洞或空虛。

實際上，遠離塵囂的山野充滿別樣的情趣。竹林深處傳來陣陣歡聲笑語，那是天真無邪的姑娘們洗完衣服回家了；池塘裡面亭亭玉立的荷葉突然間兩兩分開，則是漁舟在順流而下。這是勞動人民本來的生活，因此自然而然毫不刻意。不刻意，就任何時候都能夠看見春光，甚麼地方都可以居留了。

隨意春芳歇，王孫自可留，就是這個意思。

山中

⊙

王維

荊溪白石出，天寒紅葉稀。

山路元無雨，空翠濕人衣。

還是山中，還是王維，只不過是在冬季。

冬季水少，所以白石露出；冬季天寒，所以紅葉稀疏。這本是尋常之事，只因為以平常心看待，平常語道出，反倒富有詩意。

重要的是還有背景。

背景就是鬱鬱蔥蔥的蒼松翠柏。它們構成了秦嶺山中無邊無際的濃綠，就像沾衣欲濕的春雨。當然，雨是沒有的，所以叫「山路元無雨」（元就是原）。衣服也不會濕，只是感到涼意，而那涼意又是空氣般無所不在的，所以叫「空翠濕人衣」。

此時，回頭再看那露出磷磷白石的清淺小溪，掛着晶瑩露珠的經霜紅葉，豈非毫無蕭瑟枯寂之感，反倒別有情趣？

可以與本詩並讀的，還有張旭的《山中留客》：

山光物態弄春暉，莫為輕陰便擬歸。
縱使晴明無雨色，入雲深處亦沾衣。

這首詩並不難懂。雲霧含水分，當然「入雲深處亦沾衣」。但這是實寫，王維的卻是心理感受。比較而言，王維的更好。

尋隱者不遇 ⊙ 賈島

松下問童子，言師採藥去。

只在此山中，雲深不知處。

這首詩看起來簡單，其實耐咀嚼。

松下問童子，似乎只是大白話。但松下和童子，卻迅速地讓我們感到詩人要尋訪的是一位仙風道骨的隱者。想當年，南朝劉義慶的《世說新語》描述魏晉風骨的代表人物嵇康時就說：

肅肅如松下風，高而徐引。

意思是：嵇康就像松林中肅肅作響的風，高遠而綿長。

松下問童子，也有這種意味。

回答也果然是：言師採藥去。

當然，只在此山中。

不過，雲深不知處。

全詩幾乎都是那童子的話，卻有幾番轉折。言師採藥去，讓人失望；只在此山中，又有希望；雲深不知處，還是失望。

那童子師父的隱者形象卻近在眼前。

就像那山一樣。

瀑布聯句 ⊙ 香嚴閒禪師、唐宣宗李忱

千岩萬壑不辭勞，遠看方知出處高。

溪澗豈能留得住，終歸大海作波濤。

這首詩，據說是香嚴閒禪師和唐宣宗李忱的聯合出品。

李忱是個傳奇人物。他是唐憲宗的第十三個兒子，母親則地位卑微，是個宮女。所以在皇族當中，他是受欺負的。他的侄子武宗皇帝甚至派人將他綁架，然後扔進了廁所裡。

可憐的皇叔沒有辦法，只好皈依佛門。

有一次，李忱跟香嚴閒禪師（也有人說是黃檗希運禪師）同遊廬山，看見了瀑布。禪師說：我寫了兩句詩，但是接不下去。

李忱說：大和尚請講。

禪師說：千岩萬壑不辭勞，遠看方知出處高。

這是寫實。因為瀑布確實由岩壑中的涓涓細流匯聚而成，又從高處跌落。這樣一個歷程，當然也只能遠看才知道。但出身皇家又皈依佛門做了沙彌（小和尚）的李忱，卻難免心中一動，於是脫口而出說：溪澗豈能留得住，終歸大海作波濤。

後來，李忱果然做了皇帝，還被稱為「小太宗」。

有人說，這就是這首詩的來歷。

這當然沒有辦法證明，也不需要證明。

因為就算沒有這傳奇故事，詩也挺好。

很樸素，有哲理，意味深長。

何況，寫瀑布或山泉，也未必要勵志。

白居易的《白雲泉》就是另一種態度：

天平山上白雲泉，雲自無心水自閒。

何必奔衝山下去，更添波浪向人間。

　　一個是淡泊寧靜，雲自無心水自閒；另一個是蓄勢而發，遠看方知出處高；一個是與世無爭，何必奔衝山下去；另一個則是壯心不已，終歸大海作波濤。這是兩種完全不同的心態和主張。

　　哪個更好呢？

　　不用糾結。你喜歡哪個，便是哪個。

過分水嶺

⊙ 溫庭筠

溪水無情似有情，入山三日得同行。

嶺頭便是分頭處，惜別潺湲一夜聲。

溫庭筠這首詩，似乎更有哲理，也更有情趣。

　　情趣一開始就表現出來了。詩人進山以後，三天之內都是緣溪而行，蜿蜒曲折的小路上便總是有潺潺流水在側，有如伴侶。然而實際上，人往高處走，水往低處流，方向正好相反。準確的說法應該是擦肩而過，為甚麼還要說「入山三日得同行」呢？

　　也只能理解為溪水前來相迎。

　　這就真是「無情似有情」了。

　　因此，走到山頂，就該話別。畢竟，這裡是分水嶺。下山的路上即便仍然有溪水，而且那才真正是結伴而行，卻已經不是這三天處處相逢的老朋友。既然如此，何妨聽它潺湲一夜聲？

　　這就是情趣。

　　只不過，溪水有情是似，詩人有情是實。

　　至於哲理，則在「嶺頭便是分頭處」一句。

　　的確，凡事皆有窮盡，人生也難免會有分手的時候。如果走到最高處，或許就該各奔東西。因此，可以惆悵，無須糾結，只要將那一份情感深藏在心就好。來日，或許會在海上重逢。

　　恩情和友情，都是不能忘記的。

　　潺湲一夜惜珍重，留待來年聽海潮。

宿建德江

⊙ 孟浩然

移舟泊煙渚，日暮客愁新。

野曠天低樹，江清月近人。

孟浩然這首詩，是他旅行途中停泊在建德江邊時寫的。

建德江就是新安江流經建德的一段，不過這並無所謂，關鍵是當時的心情。沒錯，夕陽西下之際，牛羊歸圈，飛鳥歸巢，牧童和農夫也都回家。詩人卻只能泊舟江洲，豈能不頓生思鄉之情？

更何況，很可能只有孤身一人，扁舟一葉。

所以說：日暮客愁新。

然而夜幕降臨之時，又別是一番情趣。由於建德江兩岸的原野特別開闊空曠，坐在船上的人便覺得天空比樹還低。再加上小洲邊水氣升騰如煙，那些樹木就似乎融入了茫茫四野。相反，由於江水清澈見底，滿江月光簡直伸手可及，則好像月亮前來親人。

天低因野曠，月近由江清。這是視覺的，也是心理的。

情和景，便都在裡面了。

漢江臨泛 ⊙ 王維

楚塞三湘接，荊門九派通。

江流天地外，山色有無中。

郡邑浮前浦，波瀾動遠空。

襄陽好風日，留醉與山翁。

王維這首詩氣勢宏偉。

楚塞就是楚國邊境，三湘則是湖南境內。戰國時期，楚國在那裡建了三個郡：洞庭郡湘中，黔中郡湘西，蒼梧郡湘南，合起來叫三湘。或者說，湘鄉是下湘，湘潭是中湘，湘陰是上湘。

也有人認為，三湘是指湘江的合流處，比如：

源頭與灘水合流叫灘湘。

中游與瀟水合流叫瀟湘。

下游與蒸水合流叫蒸湘。

又比如：

與瀟水合流叫瀟湘。

與資水合流叫資湘。

與沅水合流叫沅湘。

諸如此類，不一而足。

楚塞三湘接，就是說，漢水南接湘江。

荊門則是荊門山。由於是荊楚（楚國）的門戶，所以叫做這個名字，此處用來代指荊州的治所襄陽。九派就是長江，由於從江西九江開始有九條支流匯入，因而得名。漢水發源於陝西，流經湖北襄陽在武漢市匯入長江，所以說：荊門九派通。

這兩句詩，雄渾壯闊，高瞻遠矚，總攬全局。

接下來是中景，仍然是工整的對仗句：

江流天地外，山色有無中。

實際上這也是倒裝句。也就是說，正因為兩岸青山在迷迷蒙蒙之中時隱時現，若有若無，才會讓人覺得那江水不知去向，說不定是流到天地之外了，儘管前面說過「荊門九派通」。

山色蒼茫，波濤浩渺，這是何等氣派！

郡邑浮前浦，波瀾動遠空，則是船上的感受。泛舟江上，江水波濤起伏，便覺得襄陽城在上下浮動，就連萬里長空也為之而搖晃起來。幸虧這不是驚濤駭浪，否則就不會說「襄陽好風日」了。

那就「留醉與山翁」吧！

山翁就是晉代鎮守襄陽的山簡，但這無所謂。

讀者卻不妨同醉。

望天門山

⊙

李白

天門中斷楚江開，碧水東流至此回。

兩岸青山相對出，孤帆一片日邊來。

跟前面的《漢江臨泛》一樣，這首詩也是在船上寫的。

只不過，王維是泛舟江上，李白是順流而下。

於是，遠遠地便看見了天門。

天門就是安徽的兩座山。一座叫東梁山，在當塗縣；另一座叫西梁山，在和縣。東梁西梁夾江對峙，宛如天設的門戶。滾滾長江奔騰咆哮於兩山之間，就像破門而出，簡直勢不可擋。

所以說：天門中斷楚江開。

翻譯過來就是：江水把天門打開了。

碧水東流至此回，則是寫長江波濤洶湧的壯闊氣勢。回的意思不是回流而是迴旋。浩蕩江水從山峰阻礙之處衝過，當然亂石崩雲驚濤裂岸，形成驚心動魄的奇觀。只不過，有驚無險。

航船很快就通過了這一段。站在船頭，詩人看到兩岸青山接連不斷地出現在眼前。這當然是因為船在行走，然而在李白的筆下卻成了山在挺身而出，還成雙成對。這可是太讓人喜悅了。

兩岸青山相對出，既是真實感受，又是神來之筆。

孤帆一片日邊來，則可謂更上層樓。是啊，兩岸青山為甚麼要相對而出呢？因為客人不但遠道，而且還是從太陽那裡來的。

李白的豪雄霸氣，真是無所不在。

旅夜書懷

⊙ 杜甫

細草微風岸，危檣獨夜舟。

星垂平野闊，月湧大江流。

名豈文章著，官應老病休。

飄飄何所似？天地一沙鷗。

也是在船上，也是在江中，只不過是在漂泊。

所以，本詩的調子跟前面的王維和李白不同。

事實上，這是杜甫晚年的作品。那時他雖然也有檢校尚書工部員外郎的官職，卻其實是虛銜，並不能報效朝廷，只能以詩人之名著稱於世。社會理想和政治抱負，完全無法實現。

所以說：名豈文章著，官應老病休。

這兩句話看起來是謙虛：我的文章並不怎麼樣，豈能問心無愧地享有虛名？我的身體又老又病，當然應該退休。但其實他是烈士暮年，壯心不已，只不過當局冷漠，自己也無可奈何，只能像沙鷗那樣孤獨地漂泊在天地之間，無所依憑，沒有出路。

飄飄何所似，天地一沙鷗，就是這個意思。

然而杜甫就是杜甫，即便牢騷滿腹，也大氣磅礡。

那是一個春天的夜晚。微風吹拂着岸邊的細草，有着高高桅杆的航船停泊在碼頭。天空中繁星密佈直垂平野，更顯得大地是那樣遼闊靜謐一望無垠。江流上明月高懸清光四射，彷彿與奔騰的波濤一齊湧動。細草是微弱的，孤舟是寂寞的，但星空和大江卻是雄渾壯闊的。那麼，在這廣闊天地，做一隻沙鷗又如何？

人在江湖，身不由己，但心靈應該自由。

星垂平野闊，月湧大江流，是千古名句。

天地一沙鷗，則是永恆的藝術形象。

江雪

⊙ 柳宗元

千山鳥飛絕，萬徑人蹤滅。

孤舟蓑笠翁，獨釣寒江雪。

詩為心聲。

這首詩傳達的心聲是甚麼？孤傲還是孤獨？

應該是孤獨，儘管孤獨之中也有高傲。

孤獨是一種非常高級的心理狀態，一般人體驗不了，尤其是傳統社會的中國人。長期以來，我們民族就是農業民族，傳統社會則是人情社會。普通人求團圓，喜歡四世同堂，天倫之樂；讀書人求聞達（聞讀如問），希望揚名立萬，光宗耀祖。孤獨，怎麼可以？

所以，孤獨是沒有的，只有孤單。

孤單很可憐，叫「孤苦伶仃」。

孤傲不可取，叫「孤芳自賞」。

能夠體驗孤獨的，大約只有詩人。

詩人從來就是也永遠都是單獨的個體，集體寫詩就像集體做夢一樣荒唐可笑。但，能不能體驗是一回事，體驗之後能不能表達卻是另一回事，而且表達的重要性並不亞於體驗。不能或沒有高超之表達的體驗是沒有藝術價值的，儘管仍然值得尊重。

可以說，正是表達，使詩人成其為詩人。

在這方面，柳宗元堪稱高手，這首詩則堪稱極品。

表面上看，這詩不過畫了幅「寒江獨釣圖」而已：白雪皚皚的山間江上，一位穿着蓑衣戴着斗笠的漁翁坐在小船上釣魚，倒也是詩情畫意。然而這詩這畫的背景，卻是千山無鳥鳴，萬徑無人跡的絕滅之境，便更顯得那舟是孤舟，釣是獨釣。

何況大雪天，魚們都在水底冬眠，漁翁能做甚麼呢？

也只能釣得寒江雪。

雪，潔白無瑕，晶瑩剔透，正是高冷氣質的象徵。

所以，寒江獨釣便既是享受孤獨，也是證明自己。

沒錯，那正是詩人寧可孑然一身離群索居四顧茫然，也絕不肯同流合污的內心寫照。也許正因為此，柳宗元才用了「絕」「滅」「雪」這三個入聲字來做這首詩的韻腳。

禪偈一則 ⊙ 僧德誠

千尺絲綸直下垂，一波才動萬波隨。

夜靜水寒魚不食，滿船空載月明歸。

同樣是釣魚，這首詩有另一種境界。

詩的作者是位禪師，法號德誠。不過，別的禪師在廟裡，他卻生活在江上，靠擺渡載客過日子，所以叫船子和尚。

不知道船子和尚為甚麼要選擇這樣的人生。或許，擺渡載客也是度人。或許，他就喜歡無拘無束。可惜普度眾生也好，自由自在也罷，都得活着，船子和尚的擺渡船也恐怕是要收費的。

當然，船錢隨喜，客人也有一搭沒一搭。

所以，他還要打魚。

釣魚的事就沒譜了，半條魚都沒釣着的事時有發生。比如夜靜水寒的時候，魚是不吃東西的，也就不會上鉤。船子和尚卻是滿心歡喜。在他看來，那船艙中的月光便正是錦鱗無數。

這可真是：一無所獲，滿載而歸。

既然如此，為甚麼又要說是「空載」呢？

因為船上原本就是空的。

更重要的是，這詩其實是禪偈。偈讀如記，原本是佛經中頌歌的唱詞。後來，佛門弟子（僧人和居士）表達理念發表感言，也使用這種文體，叫示法偈。既然是示法偈，最後那句就不能寫成「滿船載得月明歸」或別的，必須有「空載」二字。滿船與空載，才能形成鮮明對比，也才能表達禪宗的理念：空是空，更是不空。唯其如此，一無所獲，就是滿載而歸；空空如也，就是滿滿當當。

滿船空載，妙不可言。

註〇 關於禪宗，請參看易中天《禪的故事》。

　　其實即便不看作偈，這也是好詩，比如「一波才動萬波隨」就是傳神之筆。想想看吧！平靜得就像鏡面的水上，忽然間一陣輕風吹過，所有的波濤都隨着眼前的浪花蕩漾起來。這時，駕着載滿了月光的空船飄然而去，豈非有成佛的感覺？

　　當然，眼前的浪花也可能是「千尺絲綸直下垂」激起的。

　　不過，這無所謂吧！

樂遊原

⊙ 李商隱

向晚意不適，驅車登古原。

夕陽無限好，只是近黃昏。

這首詩題名《樂遊原》，其實在哪裡並不重要。

重要的，是如何理解那千古名句：

夕陽無限好，只是近黃昏。

許多人的理解是：夕陽固然好，可惜近黃昏。

好景不長啊，日薄西山啊，風光不再啊！

這當然也不是不可以。畢竟，詩無達詁，設定標準答案原本就沒有意義。然而可惜，唐人對「只是」的理解不是這樣。

那又是怎樣？

正是，正好就是。

比如李商隱的《錦瑟》就說：

此情可待成追憶，只是當時已惘然。

這兩句詩的意思是：那種情感的難以言表，哪裡需要在追憶中才能體會？便是當時就已經惘悵莫名了。

何況李商隱是喜歡夕陽的，他在《晚晴》中就說：

天意憐幽草，人間重晚晴。

夕陽無限好，只是近黃昏，也是這種情感。

因此，建議這樣理解這兩句詩：那燦爛輝煌普照大地的夕陽之所以如此這般地無限美好，正因為是在將近黃昏的時刻啊！

的確，黃昏是溫馨的，有着老人般的慈祥。

哪怕是在冬日。

邊塞

登鸛雀樓

⊙ 王之渙

白日依山盡，黃河入海流。

欲窮千里目，更上一層樓。

也有人說，這首詩的作者是朱斌，題目則是《登樓》。

其實這無所謂，就像「白日依山盡，黃河入海流」不必一定是詩人親眼所見。依山盡當然看得見，入海流便只能靠想像。更何況如果甚麼都一目了然，又何必再上層樓呢？

只要看見黃河在落日餘暉下緩緩流淌，也就夠了。

那是很溫暖的調子。

詩人譜寫的，也是很歡快的樂曲。

實際上這首詩是很「絕」的：作為五言絕句，竟然四句全都用了對仗。前面兩句是正名對，也就是兩句話說兩件事，但工工整整地名詞對名詞，狀態對狀態，動作對動作，比如白日對黃河，依山對入海，盡對流。後面一聯則兩句話說一件事，叫流水對。

五絕四句二十個字全部對仗是有風險的，因為弄不好就有矯揉造作刻意雕琢之嫌。但是這首詩沒有。它是渾然一體的，甚至看似脫口而出，可謂大器天成。其中原因，除了詩人的才氣，也體現了時代精神。畢竟，盛唐是開放而兼容的。建立了燦爛文明的人們都信心滿滿，即便面對夕陽西下也像看見旭日東升。

邊塞，則正是他們建功立業的好地方。

那就讓這首詩為我們剪彩邊塞的篇章。

關山月

⊙ 李白

明月出天山，蒼茫雲海間。

長風幾萬里，吹度玉門關。

漢下白登道，胡窺青海灣。

由來征戰地，不見有人還。

戍客望邊色，思歸多苦顏。

高樓當此夜，歎息未應閒。

跟《春江花月夜》一樣，《關山月》也是老調重彈。

的確，這兩個題目原本都是歌曲曲名，寫的都是夜晚，也都有月亮和女人，只不過《關山月》是寫戍邊將士離別之苦的。

李白繼承了這個傳統。

戍客望邊色，思歸多苦顏，表達了對家鄉和親人的思念。

高樓當此夜，歎息未應閒，則是寫他們空守閨房的妻子。

當然，張若虛的《春江花月夜》進行了改革，男歡女愛變成了離愁別緒，與《關山月》的情調更為接近。

但，兩種歌曲的構成意象仍然不同。

前者是春江和鮮花。

後者是雪山和雄關。

這就注定《關山月》會有蒼涼之感。

是啊！西域遙遠，蔥嶺雄奇，座座關隘如鋼澆鐵鑄，千里無人的戈壁灘上孤月高懸，那是一種甚麼樣的感覺？

更何況，由來征戰地，不見有人還。

蒼涼，不能不是邊塞的調性。

李白卻把這種感覺寫得大氣磅礴：天山雪峰之上，一輪明月在浩渺深邃的星空升起，下面是波濤起伏的茫茫雲海。雲海翻騰並且舒捲着，月亮忽上忽下時隱時現，終於一躍而起。這時再看，竟是纖塵不染澄明透徹，只有那寶藍色的天空滲出絲絲寒意。

哈哈！長風幾萬里，吹度玉門關。

無疑，玉門關內的風，不可能吹散天山腳下的雲，詩人的博大情懷卻能夠超越時空。正是這種超越，使不可斷絕的思念之情沉重而不淒苦，給壯闊遼遠的邊塞景色在雄渾蒼茫中平添了閒雅。

　　也許，這正是盛唐的精神？

　　但不管怎麼說，李白就是李白。

夜上受降城聞笛　⊙　李益

回樂烽前沙似雪，受降城外月如霜。

不知何處吹蘆管，一夜征人盡望鄉。

戍邊將士月下思鄉，是唐代邊塞詩常有的主題。

李益這首，則是詩中極品。

開頭是對仗句：

回樂烽前沙似雪，受降城外月如霜。

受降城是唐太宗接受突厥人投降的地方，在今天的寧夏吳忠市北面，唐代為靈州回樂縣，回樂烽則是回樂縣的烽火台。回樂烽與受降城之間以及周邊，是浩瀚無垠的沙包、沙丘和沙漠。

但，此刻都靜悄悄地籠罩在月光之下。

月色如霜的結果，是平沙似雪。

於是，戍邊將士的身心和感受，也似雪如霜。

忽然間，不知從哪裡傳來了吹蘆管的聲音。

蘆管就是蘆笛，據說是波斯傳入中國新疆的西北少數民族吹奏樂器，音調蒼勁悲涼，充滿異國情調。不難想像，那咿咿呀呀如泣如訴的蘆管聲，在萬籟俱寂的靜夜裡時遠時近地由寒風送來，該是何等地讓人覺得淒涼幽怨，又是何等地扣人心弦。

沒錯，時遠時近，因此不知何處。

實際上，「何處」也不能改寫成「誰人」或「哪個」等等，因為是誰在吹並不重要，哪怕是胡人呢？

就連「不知」也不僅是無法確知，更是沒有必要知道。

反正結果都一樣：

一夜征人盡望鄉。

所有人都徹夜難眠，所有人都思念故鄉。

這首詩，豈非一個字都動不得？

有鏡頭，有聲音，還有劇情，又豈非微電影？

而且歷歷在目，讓人感同身受。

說它是詩中極品，並不過分。

塞上聽吹笛　⊙　高適

雪淨胡天牧馬還，月明羌笛戍樓間。

借問梅花何處落，風吹一夜滿關山。

高適這首詩，與李益的《夜上受降城聞笛》異曲同工。

沒錯，同樣是邊塞，也同樣有月亮、音樂、軍營和雪。

但，李益的雪其實是沙，高適卻真是寫雪。

而且非常潔淨。

潔淨是因為人跡罕至。事實上，也只是在那些空寂遼闊的北國曠野，才可能有那麼純粹的雪原，哪怕那雪僅有薄薄的一層，或者不過是冬去春來時的殘雪。當然，也無論是在東北或者西域。

雪淨胡天，其實是胡天雪淨。

在這樣潔淨的雪野牧馬而歸，該是怎樣的心情？

何況皎潔的月光還有如水銀瀉地。

羌笛卻在戍樓間響起來了，演奏的是《梅花落》。

這是笛曲的代表作，李白的《黃鶴樓聞笛》就說：

黃鶴樓中吹玉笛，江城五月落梅花。

高適的「借問梅花何處落」也一樣，都是巧妙地利用了《梅花落》的曲名，把笛聲說成是漫天飛舞之落梅的花片。只不過，李白是故意用驚詫的口吻表示對樂曲的欣賞：五月的江城怎麼會有梅花落地呢？高適卻要表現情感的傳達和共鳴：風吹一夜滿關山。

這跟李益的「一夜征人盡望鄉」是同樣的意境。

不同的是，高適訴諸聽覺，李益更有畫面感。

李益的是微電影，高適的是奏鳴曲。

實際上高適這首詩有不同的版本和標題，目前這個版本的問題是與七絕的格律不合。如果要合格律，應該改成這樣：

月明羌笛戍樓間，雪淨胡天牧馬還。
借問梅花何處落，風吹一夜滿關山。

其實，這樣恐怕更好。

詩，是不一定要按照時間先後來敘事的。

但這是題外話。

此外，也有人把詩中的「雪淨」理解為冰雪消融已盡。這當然也不是不可以。畢竟，春季正好放牧，天山則長年積雪。乍暖還寒時節，春寒料峭之中，牧歌或許會有羌笛的味道。

只不過，那是另一種感覺和情調。

涼州詞　⊙　王之渙

黃河遠上白雲間，一片孤城萬仞山。
羌笛何須怨楊柳，春風不度玉門關。

據說，高適的《塞上聽吹笛》就是呼應王之渙這首詩的。

沒錯，他們都寫了羌笛，但演奏的曲目不同。

高適聽到的是《梅花落》，王之渙聽到的是《折楊柳》。

折楊柳是一種民間習俗。當時，一個人如果離開故土，送行的親朋好友便都要折楊柳相贈，以此寄託依依惜別之情。因為楊柳樹隨風飄揚的枝枝蔓蔓就像多情之手，拉住人的心兒不讓走。

難怪《詩·采薇》說：

昔我往矣，楊柳依依。

然而玉門關外，卻連楊柳都沒有。

這就不能不讓人頓生哀怨之情，尤其在聽見《折楊柳》的樂曲由少數民族的羌笛演奏出來的時候。可惜這沒有用。要知道，春風不度玉門關。玉門關往西往北，原本就是另一片天地。

更何況，鎮守邊關之人，也不需要兒女情長。

因此說：羌笛何須怨楊柳。

何須，其實就是不須，或者無須。

這就跟李白的「長風幾萬里，吹度玉門關」不同，但不等於說王之渙就幽怨傷感。恰恰相反，這首詩是氣勢磅礴的。詩人一開始就告訴我們，西北邊塞雖然荒寒蕭索，卻也遼闊壯美：九曲十八彎的黃河宛如一條絲帶逶迤延綿直上雲端。茫茫曠野之上，一座城堡

孤零零拔地而起，在萬仞高山的拱衛下孤立而不孤單。

　　這是何等地雄奇壯麗，當然無須怨楊柳。

　　難怪這首詩，也被視為絕唱。

使至塞上

⊙ 王維

單車欲問邊，屬國過居延。

征蓬出漢塞，歸雁入胡天。

大漠孤煙直，長河落日圓。

蕭關逢候騎，都護在燕然。

雄奇壯麗的邊塞，有雄奇壯麗的詩。

王維這首就是。

這是他以監察御史的身份，出使塞上慰問河西節度使麾下戍邊將士時的作品。詩中的地名比如居延、蕭關和燕然，都只是象徵性的符號，不是實指。因此這首詩的大意就是：

輕車簡從奔赴邊關，

邊關的路很遠很遠。

我像隨風的蓬草離開漢家壁壘，

又如北歸的大雁飛進胡人藍天。

茫茫大漠孤煙筆直，

浩浩長河落日滾圓。

偵察兵卻告訴我：

長官還在第一線。

敘事其實一般，雖然結尾有些意思。

所以，全詩的精華就在這一句：

大漠孤煙直，長河落日圓。

那麼，好在哪裡？

先看大漠孤煙。

孤煙有多種解釋。有人說是烽火台上燃起的狼煙。狼煙因燃燒狼糞而產生，據說特別直，可以確保信息的傳遞無誤。當然也有人說是戍樓上的炊煙，由於沒有風而垂直。但不管怎麼說，直上雲霄的都是孤煙。茫茫戈壁，漫漫平沙，一縷孤煙直，就更顯得那西北邊塞天荒地老，也顯得那裡的天地特別廣闊，一望無垠。

　　長河則未必就是某條河。日復一日升起又落下的太陽，是王維沿途每天都能見到的。通紅滾圓地落入長河，卻讓人驚喜。事實上有水的地方就有生命，儘管與紅日同在的綠洲沒有寫出來。這就在看似死寂中展現了活力，雄渾壯闊中透出了溫馨。

　　荒漠大，江河長，孤煙直，落日圓，這就是邊塞。

　　毫無疑問，這不大可能是同一時間之所見，不如說是那片土地的典型景象。這種典型的景象不僅濃縮在十個字中，還對仗工整而渾然天成，可見作者的功力。是啊！直和圓，雖然看似普通，沒有任何奇特之處，但是請問，你能找到可以替換的說法嗎？

　　不能。

　　這可真是金不換。

　　大漠孤煙直，現在是看不到了，因此插圖便代之以胡楊。胡楊是亞洲和非洲大陸性氣候條件下的樹種，喜光耐旱抗風沙。沙漠的河流流向哪裡，胡楊就跟到哪裡。它的樹齡可達兩百年，民間的說法則是活着千年不死，死後千年不倒，倒下千年不朽。

　　與它心照不宣的，也就孑然獨立的烽火台吧！

送元二使安西 ⊙ 王維

渭城朝雨浥輕塵，客舍青青柳色新。
勸君更盡一杯酒，西出陽關無故人。

別董大二首・其一 ⊙ 高適

千里黃雲白日曛，北風吹雁雪紛紛。
莫愁前路無知己，天下誰人不識君。

──註 ○ 浥讀如意，濕潤的意思。

○ 曛讀如勳，落日餘光，曛黃即黃昏。──

兩首詩都是送別，卻多有不同。

王維的故事在春天。

清晨，一場小雨濕潤了大地。西去的道路不再塵土飛揚，驛站客舍的楊柳也被洗得乾乾淨淨，翠綠翠綠地清新可人。這可是出發的好時候，何況行人已在渭城。渭城就是咸陽，在長安之西，渭水北岸。唐代送別西行者，往往在這裡。

如果東去，則送到灞橋。

灞橋兩岸遍植楊柳，親朋好友都在這裡折枝相贈。

傳為李白所作《憶秦娥》便說：

年年柳色，灞陵傷別。

灞橋在東，渭城在西，都有楊柳。酒過三巡，應該啟程，送行的人卻說：來來來，再喝一杯，陽關之外可就沒有老朋友了。

陽關在今天的甘肅省敦煌市。由於在玉門關的南邊，所以叫做這個名字，意思是關南的關。兩座邊關自漢代以來，一直就是內地前往西域的通道；而從軍或出使塞外，無論西域還是東北，在盛唐之人心目中都是豪情萬丈的壯舉，高適的《燕歌行》就說：

男兒本自重橫行，天子非常賜顏色。

因此，儘管「西出陽關無故人」云云，多少有點「春風不度玉門關」的意思，卻也跟「羌笛何須怨楊柳」一樣並不傷感，甚至只是詩人的勸酒之詞，頂多略顯遺憾惆悵而已。

然而就連這點惆悵，也被高適一掃而光。

高適的故事在冬日。

黃昏，西下的夕陽在密佈的彤雲中變得昏黃。凜冽的北風送來南飛的大雁，接着又下起雪來。儘管我們不知道旅人的去向，也不確定是否西出陽關。但在這種天氣出門肯定是迫不得已，而且十有八九是要遠行到陌生的地方。此時此刻，那位朋友的心情豈非簡直有如出沒寒雲的離群之雁，灑落大地的紛飛之雪？

於是，友情變得格外重要和溫暖。

詩人也說：不怕！天底下有誰不知道老兄！

這是有可能的，因為告別之人據說是著名的音樂家。

不過這無所謂，要緊的是心態。有豪爽灑脫的心態，即便雲遮白日，風吹大雁，天降雨雪，也不必有前路茫然之感。這當然正是盛唐詩人的心態，也是這兩首送別詩共同的調性，儘管他們的故事一個在春天在清晨，另一個在冬日在黃昏。

但，朋友的前路都可以理解為陽關道。

實際上，陽關道的意思，是寬闊的道路，光明的前途。

那又何妨將西出陽關想像成陽光燦爛的樣子。

就連陽關之夜，也星光迷離而明亮吧！

逢入京使

⊙ 岑參

故園東望路漫漫，雙袖龍鍾淚不乾。

馬上相逢無紙筆，憑君傳語報平安。

有送別，就有相逢。

無法確定岑參寫這首詩時的天氣，只知道他在唐玄宗天寶八載的初冬從長安啟程，前往今天的新疆維吾爾自治區庫車縣，也就是當時叫做龜茲的地方，去擔任安西節度使高仙芝的幕僚。

從帝都長安到西域龜茲要走很久，這個冬天就全在路上了。

彤雲密佈又天光乍現的景象，應該不難看到。

實際上本書選用題頭的這張照片，正是希望讀者能夠體驗詩人的心情。沒錯，邊功是岑參自己選擇的事業。進士及第的他甚至兩次出塞擔任軍職，另一次是天寶十三載，在駐節於今天新疆維吾爾自治區吉木薩爾縣的北庭節度使封常清帳下效力。儘管後來高仙芝在今天哈薩克斯坦境內的怛邏斯（怛讀如答）地方，被阿拉伯帝國軍打敗，也儘管高仙芝和封常清後來都冤死於安史之亂，但是岑參並沒有跟錯人，他為兩位大唐名將服務也是心甘情願的。

岑參躊躇滿志。

然而詩人的心又很柔軟，在西行的路上也時刻想念家人。可惜回頭望去，卻只見曠野無涯，枯樹孤立，陰雲低垂。

故園東望路漫漫啊！

此時迎面遇到回京的使者，便真有撥雲見日的感覺。

那就拜託老兄，帶個口信報平安。

這種情感，小動物也懂吧？

196

磧中作　◉　岑參

走馬西來欲到天，辭家見月兩回圓。
今夜未知何處宿，平沙莽莽絕人煙。

註〇
磧讀如氣，沙漠戈壁。
平沙莽莽絕人煙，也作「平沙萬里絕人煙」。

這首詩，仍是岑參在天寶八載奔赴龜茲時所作。

時間是在遇到使者之前還是之後，不知。

但，辭家見月兩回圓，忽然就兩個月了。

不知不覺並不奇怪。據考證，岑參的路線是先出陽關，然後沿西北方向從羅布泊到吐魯番，再向南向西到庫車。這一路，基本上是戈壁沙灘，景色相同又沒有參照物，只覺得照這樣走下去，恐怕就會一直走到天盡頭，難怪要說「走馬西來欲到天」了。

只有一輪明月，告訴他已經離家很遠。

捎封平安家書卻並不可能，就連今夜住在哪裡都不知道。

但只見：平沙莽莽絕人煙。

這是只有親歷者才寫得出來的。月光籠罩之下，遠山朦朧依稀可見，荒漠浩瀚渺無人煙。前者透着神奇，後者透着清冷，卻並不拒人千里之外。勒馬駐足，反倒可以體會宇宙之無窮。

那又何妨接受如水月色的洗禮。

明天將是新的天地。

涼州詞二首·其一

⊙ 王翰

葡萄美酒夜光杯，欲飲琵琶馬上催。

醉臥沙場君莫笑，古來征戰幾人回？

有送別，有相逢，也有歡聚。

這首詩，寫的就是軍中盛宴。

鮮紅的葡萄酒，潔淨的夜光杯，都是典型的西域特產，只不過漢唐以來就已經成為中華方物。作為混血王朝的統治者，各族人民的天可汗，唐太宗甚至在拿下位於吐魯番盆地的高昌國之後，利用得到的技術資料和馬奶葡萄，親自研究出八種新的配方。

葡萄酒從此成為華人之愛。

這不奇怪，胡漢一家原本就是大唐特色。

但，葡萄美酒夜光杯，還是傳達出濃濃的西域情調。

欲飲琵琶馬上催，更如此。

原產於波斯的琵琶是彈撥樂器，演奏時右手向前彈叫琵，向後挑叫琶，本來就是遊牧民族在馬上自娛自樂的。因此，不能因為詩中有「馬上」二字，就把「催」理解為催行或催征。實際上，這裡說的是催飲。潔淨的夜光杯裡盛滿鮮紅的葡萄酒，原本就讓人饞涎欲滴，更何況那急促奔放而且熱烈的琵琶聲還在催你快快舉杯。

於是有觥籌交錯，有開懷暢飲，有醉臥沙場。

如果是催行或催征，就不能醉臥了。

這裡的沙場也不是戰場，而是戰區中的軍營。

軍營裡東倒西歪一片狼藉，當然不成體統。

但，請你理解，也不要笑。

今日醉臥軍營，是因為明天很可能戰死沙場。

是啊，古來征戰幾人回。

問題在於，詩人這樣說，或者代替將士們這樣說，想要表達的究竟是甚麼樣的情感？如果說這句話是看破紅塵，這次盛宴是借酒澆愁醉生夢死，顯然與前面的歡快不符。因此，這兩句詩的意思便應該是：自古艱難唯一死。死都不怕，還怕醉酒嗎？

更何況，弄不好明天就沒嘴喝了。

那麼，這種滿不在乎的背後，是視死如歸的豁達大度，還是對戰爭的質疑甚至悲憤？或者無法主宰命運的另類表達？當然也可能是原本豪情萬丈，卻又在不經意間流露出莫名的惆悵。

也許都是，也許都不是，也許都不完全是。

犧牲的可能大，生還的機會少，則毋庸置疑。

既然如此，何妨隨他們去！

其實，反思應該是讀者的事，只可惜這個話題太沉重。事實上人類歷史中的古老文明，可謂成也戰爭毀也戰爭，這才會有「西風殘照，漢家陵闕」(李白《憶秦娥》)的感慨，會有那麼多的遺址和廢墟。不信請看照片中吐魯番市西亞爾鄉的交河故城，是否還能見到當年盛況，昔日輝煌？那些捐軀的將士，又在哪裡呢？

讓我們祈禱和平！

從軍行 ⊙ 陳羽

海畔風吹凍泥裂，枯桐葉落枝梢折。

橫笛聞聲不見人，紅旗直上天山雪。

跟王翰的《涼州詞》一樣，這首詩也是戰士的歌。

不過，通篇不見他們的身影。

看得見的，只有莽莽大山，皚皚白雪，獵獵軍旗。

聽得見的，則只有北風呼嘯，笛聲嘹亮。

那是極為惡劣的氣候條件。天山腳下寒風肆虐，吹裂了湖畔的凍土，吹折了梧桐的枝葉。這個時候，恐怕就連雲也不能優哉遊哉自由自在，要麼被吹得無影無蹤，要麼就凍成冰塊了。

然而笛聲卻在雪山響起。

尋聲望去，又見杆杆紅旗雄鷹般飛上冰峰。

戰士的風采，戰士的精神，已不言而喻。

紅旗直上天山雪，其實是直上雪山。說成直上天山雪，應該有兩個原因。首先，這首詩押的是仄聲韻，而且是入聲。入聲的特點是短促急迫，鏗鏘有力。用來寫邊塞軍情，更為悲壯凌厲。更何況紅旗之所到，以及戰士的腳下，不正是天山的雪嗎？

也許，這就叫傳神。

白雪歌送武判官歸京 ⊙ 岑參

北風捲地白草折，胡天八月即飛雪。

忽如一夜春風來，千樹萬樹梨花開。

散入珠簾濕羅幕，狐裘不暖錦衾薄。

將軍角弓不得控，都護鐵衣冷難着。

瀚海闌干百丈冰，愁雲慘淡萬里凝。

中軍置酒飲歸客，胡琴琵琶與羌笛。

紛紛暮雪下轅門，風掣紅旗凍不翻。

輪台東門送君去，去時雪滿天山路。

山迴路轉不見君，雪上空留馬行處。

註 ○ 唐代輪台與漢代輪台不同。漢代輪台在今天新疆維吾爾自治區輪台縣，唐代輪台所在地有三種說法：昌吉市東破城子，烏魯木齊市南烏拉泊，烏魯木齊市米泉區。

還是要讀岑參。

岑參是長期生活在西北邊塞的詩人，與高適並為唐代邊塞詩的絕代雙驕，文學史上甚至有這樣一種說法：

李白是詩仙。

杜甫是詩聖。

王維是詩佛。

岑參是詩雄。

的確，岑參的邊塞詩總是雄奇。比如寫吉爾吉斯斯坦境內號稱熱海的伊塞克湖，就是這樣說的：

側聞陰山胡兒語，西頭熱海水如煮。

又如寫安西四鎮的北庭：

一川碎石大如斗，隨風滿地石亂走。

相比之下，這首《白雪歌送武判官歸京》要算溫婉。

北風捲地白草折，胡天八月即飛雪，是實言相告。

忽如一夜春風來，千樹萬樹梨花開，是鼓舞歡欣。

沒錯，八月飛雪已經讓人驚奇，風摧白草更是讓人恐懼。我們知道，白草就是芨芨草。作為西北的植物，它原本堅忍不拔，卻被

2
0
9

捲地而來的北風吹折，可見風勢之猛，之烈，之強勁。

詩人卻滿心歡喜。他說，沒想到啊沒想到，入秋季節忽然春風浩蕩，一夜之間就吹開了千樹萬樹的梨花。梨花或者雪花在怒吼的狂風之中上下翻騰，紛紛揚揚零零散散地穿過珠簾，進入帳內打濕了羅幕。結果是甚麼呢？對不起，狐皮大衣也不暖和，絲綿被子也嫌單薄，將軍的角弓拉不開弦，都護的鐵甲冰冷難着。

武判官卻要啟程回京了。

軍令如山倒，顧不上天氣好壞，能做的只有餞行。這時，茫茫瀚海千里冰封，浩浩長空密佈陰雲。雪倒是停了，因為就連蘊含着雨雪的雲都被凍結，凝成一團，結果更顯得壓抑和慘淡。

酒宴也簡單，所奏之樂亦不過胡琴、琵琶與羌笛。這羌笛應該並不怨楊柳，那琵琶也不在馬上相催。反倒是散席的時候，凝固的濃雲開始解凍，又紛紛揚揚地下起雪來，落滿轅門。

此刻正是日暮時分。轅門外，風掣紅旗凍不翻。

很難確定這時風力的大小。實際上在平時，即便微風也能捲起那旗幟。相反，皚皚白雪的背景下一杆紅旗巍然不動，鵝毛大雪在幾乎凝固的空氣中靜悄悄紛紛飄落，可能更有畫面感。

遠行人真正動身應該在第二天早晨。經過日夜大雪，哪怕放晴也是雪滿天山路。送別到東門的人們，看到的則是這樣的景象：

山迴路轉不見君，雪上空留馬行處。

如果拍電影，這是一個空鏡頭。

既然是空鏡頭，那就盡在不言中。

附　錄　唐詩基本知識

一　詩體

按照最簡單的分類，唐詩可以分為兩種：**古體**和**近體**。

古體又叫**古風**，其實跟古不古沒有關係。叫它古體，是為了跟近體相區別。因此我們可以說，**但凡不是近體的，都是古體**。

那麼，近體跟古體又有甚麼不同？

近體必須講格律，古體不講。

所以，唐詩基本知識的重點，就是**格律**。

只有弄清楚格律，才能更好地讀唐詩。

二　格律

簡單地說，**格律就是格式和音律**。

講格律的就是**格律詩**，也叫**近體詩**。

格律詩分兩種：**絕句**和**律詩**。

律詩對格律要求最嚴，是最典型的格律詩。

所以，弄清楚了律詩，也就弄清楚了格律。

那麼，律詩有哪些要求呢？

三 句數

首先是句數。

一首詩八句，又符合其他要求，就叫**律詩**。

如果超過八句，就叫**長律**。

只有四句，則叫**絕句**。

絕句是半首律詩。

四 字數

然後是字數。

每句五個字的，叫**五言**。

七個字的，叫**七言**。

有句數，有字數，就會有各種格式。

現在排列組合一下：

每句五個字，全詩八句的，叫五言律詩，簡稱**五律**。

每句七個字，全詩八句的，叫七言律詩，簡稱**七律**。

每句五個字，全詩四句的，叫五言絕句，簡稱**五絕**。

每句七個字，全詩四句的，叫七言絕句，簡稱**七絕**。

長律則一般是五言。

但，如果以為字數和句數對了就是格律詩，那就大錯特錯。

因為還有別的要求。

五　平仄

格律詩最重要的要求是平仄。

平仄就是聲調的分類。

現代漢語的普通話有四個聲調，分別是：

陰平：比如媽（*mā*）。

陽平：比如麻（*má*）。

上聲：比如馬（*mǎ*）。

去聲：比如罵（*mà*）。

順便說一句，上聲的「上」要讀如賞。

媽、麻、馬、罵，剛好四聲。

四聲一分為二，就是平和仄。

陰平和陽平就是平，讀起來比較平和。

上聲和去聲就是仄，讀起來不那麼平和。

但這是現代漢語，古代漢語卻不是這樣。

六　入聲

古代漢語也是四聲，但跟現代漢語不同，分別是：

平聲：比如沙（*shā*）和啥（*shá*）。

上聲：比如傻（*shǎ*）。

去聲：比如廈（*shà*）。

入聲：比如殺（*sha*）。

這四個聲調，就叫平、上、去、入。

以上的例子，都以 *a* 為韻母，廣義地說都算同一個韻部。但在現代漢語，媽和麻都是平，馬和罵都是仄。在古代漢語，沙和啥都是平，傻、廈和殺都是仄。古代漢語是一平三仄。

不過，這還不是最難掌握的，最難的是入聲。

比如下面這兩組：

A：巴，差，紗，鴉，渣

B：八，插，煞，鴨，軋

你能分出哪一組是平，哪一組是仄嗎？

A 是平，B 是仄，因為 B 組在古代都是入聲。

還有發、七、出、接、習等等，現在讀平聲，古代是入聲。

造成這種現象的原因，是元代以後，入聲字在北方方言中分配到平聲、上聲和去聲中了，這就叫**入派三聲**。所以唱北曲，比如元雜劇和元散曲，是沒有入聲字的。但是唱南戲和南曲，還有。所以許多南方人，比如江浙人和湖南人，還能分辨出來。

不過北方人也用不着糾結，因為可以查韻書。另外，入聲字的特點是聲調短促。讀唐詩的時候，注意一下還是能領略韻味。

七　粘對

弄清楚了平仄，就可以講要求。

要求很簡單，不妨概括為兩句話：

本句中要交替，
對句中要相反。

比如杜甫《登高》中的兩句：

無邊落木蕭蕭下，
不盡長江滾滾來。

上一句的平仄結構是：

平平仄仄平平仄

這就叫「本句中要交替」。
上下兩句的平仄關係是：

平平仄仄平平仄
仄仄平平仄仄平

這就叫「對句中要相反」。
本句中平仄交替，對句中平仄相反，就叫對。
否則就叫失對。

那麼，甚麼叫**粘**？

第三句和第二句平仄要相同，否則叫**失粘**。

因此後面兩句便是：

萬里悲秋常作客，

百年多病獨登台。

這兩句的平仄關係是：

仄仄平平平仄仄

仄平平仄仄平平

基本上也是對的。只不過百是仄聲，多是平聲，不太對。

但這沒關係。因為每個字都對，也太難了。因此，原則上只有
第二個、第四個、第六個字要講究，其他的可以馬虎。

這就叫：

一三五不論，

二四六分明。

當然，不是所有其他字都不講究，也有不能馬虎的。比如「平
平仄仄平」格式的第一個字，或者「仄仄平平仄仄平」格式的第三個
字都不能隨便，因為平腳的句子不能除韻腳外只有一個平聲。但這

是寫詩的要求，不是讀詩的，我們可以不管。

　　總而言之，平對仄，仄對平，就是對。平粘平，仄粘仄，就是粘。**對就是相反，粘就是相同**。開始要對，然後要粘。相同之後又相反，相反之後又相同，讀起來就特別好聽。

　　這是音樂之美。

　　現代漢語的寫作雖然沒有那麼多硬性規定，但是掌握了平仄的規律，是可以讓自己的作品更有旋律感和節奏感的。

　　這也是讀唐詩宋詞的好處。

八　押韻

　　再看杜甫那四句詩的平仄關係。如果不馬虎，該是這樣的：

　　平平仄仄平平仄
　　仄仄平平仄仄平
　　仄仄平平平仄仄
　　平平仄仄仄平平

　　這裡面好像也有點問題：仄仄平和平仄仄，失粘了。

　　但這是必須的。因為除了第一句，格律詩的單數句最後一個字都只能是仄聲，雙數句則只能是平聲。

　　為甚麼呢？

因為雙數句是一定要押韻的，而且律詩一般只用平聲韻。像黃巢《菊花》詩那樣押仄聲韻，是破格。仄聲韻在唐代，主要用於古體詩。大量用於格律體，是在宋詞。

古人寫律詩，要嚴格依據韻書來。但這也是寫詩的要求，不是讀詩的，我們可以不管。更何況時代不同，很多字讀音變了，想管也管不了。比如按照韻書，冬和東是不押韻的，可怎麼弄？

所以，就算現代人寫格律詩，韻也可以放寬。

必須講究的，除了平仄，就是對仗。

九　對仗

對仗就是兩兩相對，就像儀仗隊。

不過，儀仗隊兩列是相同的，對仗卻有同有異。

具體地說就是：

詞性應該相同，

詞意可以相近，

平仄必須相反，

用字不能重複。

還看杜甫那兩句：

無邊落木蕭蕭下，

不盡長江滾滾來。

這裡的對仗關係是：

無邊對不盡：平平對仄仄，形容詞對形容詞。

落木對長江：仄仄對平平，名詞對名詞。

蕭蕭對滾滾：平平對仄仄，副詞對副詞。

下對來：仄對平，動詞對動詞。

每個字都對上了，而且詞性豐富，堪稱名句。

這是文學之美。

近體詩關於對仗的規定是：五律和七律的第三、四兩句（頷聯）和五、六兩句（頸聯）都必須對仗，一、二兩句（首聯）隨意，七、八兩句（尾聯）一般不對。絕句則可對可不對。

對仗是漢語言文學特有的修辭手段，學會對仗對寫作是很有好處的。要提高這方面的修養，除了多讀唐詩宋詞，有一本叫做《聲律啟蒙》的書也可以參看。

有了以上基本知識，我們就可以讀唐詩了。

本文主要根據王力《詩詞格律》寫成

後 記

　　奉獻給諸位的這本《讀唐詩》不是教科書，也不是教學參考書。因此，選詩全憑主觀，讀詩全憑體會，既不人云亦云，也不求全責備，更不考慮所謂公允，唯一的標準是審美。

　　沒錯，本書可以看作審美教育的教材。

　　由於這個原因，入選唐詩數量最多的是七言絕句，因為七絕最便於閱讀和背誦。五絕短了點，五律和七律就已嫌長，儘管五律是當時最為通行的體裁。我們的目的不是文學史的普及，就不能考慮詩篇在文學史上的地位，是否能夠配圖甚至都重要得多。

　　用攝影作品作為配圖也許不算甚麼創意。但我一向認為，中華傳統文化要想傳承和傳播就必須現代化，相關圖書也應該有現代感和設計感，因此攝影反倒可能比繪畫效果更好。

　　總之，本書有種種嘗試。

　　好不好呢？

　　歡迎批評！

　　另外，本書寫作過程中參考了上海辭書出版社《唐詩鑒賞辭典》和劉學鍇先生的《唐詩選注評鑒》，特此鳴謝！

易中天

責任編輯　　梅　林
封面設計　　彭若東
版式設計　　付詩意
責任校對　　江蓉甬
排版印務　　馮政光

書　　名　　易中天品唐詩（攝影插圖版）

撰　　文　　易中天

攝　　影　　李　華

出　　版　　香港中和出版有限公司
　　　　　　Hong Kong Open Page Publishing Co., Ltd.
　　　　　　香港北角英皇道 499 號北角工業大廈 18 樓
　　　　　　http://www.hkopenpage.com
　　　　　　http://www.facebook.com/hkopenpage
　　　　　　http://weibo.com/hkopenpage

香港發行　　香港聯合書刊物流有限公司
　　　　　　香港新界大埔汀麗路 36 號 3 字樓

印　　刷　　中華商務彩色印刷有限公司
　　　　　　香港新界大埔汀麗路 36 號中華商務印刷大廈

版　　次　　2019 年 6 月香港第 1 版第 1 次印刷

規　　格　　16 開（160mm×210mm）232 面

國際書號　　ISBN 978-988-8570-44-7

　　　　　　© 2019 Hong Kong Open Page Publishing Co., Ltd.
　　　　　　Published in Hong Kong

本書由果麥文化傳媒股份有限公司授權本公司在中國內地以外地區出版發行。